suhrkamp taschenbuch 1724

Clarice Lispector, 1925 in der Ukraine geboren, kam als Kind russischer Einwanderer nach Brasilien. Bereits als Neunzehnjährige debütierte sie mit dem Roman *Nahe dem wilden Herzen,* dem bis zu ihrem Tod 1977 sechs weitere Romane, einige Bände mit Erzählungen sowie Kinderbücher folgten.

In der Bibliothek Suhrkamp liegen bisher von Clarice Lispector vor: *Nahe dem wilden Herzen* (BS 847), *Der Apfel im Dunkeln* (BS 826), *Die Nachahmung der Rose* (BS 781), *Die Sternstunde* (BS 884).

G. H.: Das sind die Initialen auf ihrem Lederkoffer. G. H., das ist die Ich-Erzählerin dieses Romans oder das, was die anderen in ihr sehen, auch das, was sie selbst bisher in sich sah. Nach einer gerade beendeten Beziehung jedoch und im Bewußtsein wiedergewonnener Freiheit, stößt sie an die Grenzen dieser Freiheit, und ihre Fragen münden in die eine, die sie jenseits von Zeit und Raum zu ergründen sucht: »Wer bin ich?«

»Ich suche, ich suche. Ich versuche zu verstehen«, so beginnt das Abenteuer ihres Monologs, der mit bildhaft-sinnlicher Sprache in die Zwischenwelten der Wahrnehmung führt. Die Erzählerin erfindet Sprache und damit Leben, um die Realität zu besitzen: »Wenn ich das Wort nicht erzwinge, wird die Stummheit für immer über mir zusammenschlagen.«

Clarice Lispector

Die Passion nach G. H.

Roman

Aus dem
brasilianischen Portugiesisch
von Christiane Schrübbers und
Sarita Brandt

Suhrkamp

Titel der Originalausgabe: *A Paixão Segundo G. H.*
EDITORA DO AUTOR, Rio de Janeiro 1964[1]
Die deutsche Übersetzung erschien zum erstenmal 1984 im Lilith Verlag, Berlin. Sie wurde für diese Ausgabe mit Zustimmung der Übersetzerin Christiane Schrübbers und des Lilith Verlages von Sarita Brandt überarbeitet.

suhrkamp taschenbuch 1724
Erste Auflage 1990

Satz: IBV, Berlin
Druck: Nomos Verlagsgesellschaft, Baden-Baden
Printed in Germany
Umschlag nach Entwürfen von
Willy Fleckhaus und Rolf Staudt

1 2 3 4 5 6 – 95 94 93 92 91 90

An mögliche Leser

Dieses Buch ist wie jedes andere auch. Trotzdem würde ich mich freuen, wenn es nur von denen gelesen würde, deren Seele bereits geformt ist. Von denen, die wissen, daß die Annäherung an etwas – was immer es auch sein möge – sich Schritt für Schritt und auf steinigem Weg vollzieht, indem man selbst das Gegenteil dessen durchlebt, dem man sich annähert. Von denen allein, die nach und nach verstehen werden, daß dieses Buch niemandem etwas wegnimmt. Mir zum Beispiel gab die Figur G. H. allmählich eine schwierige Freude; aber dennoch eine Freude.

C. L.

»A complete life may be one ending in so full identification with the non-self that there is no self to die.«

Bernard Berenson

– – – – – – ich suche, ich suche. Ich versuche zu verstehen. Ich versuche, jemandem das zu geben, was ich erlebt habe, und ich weiß nicht wem, aber ich will nicht behalten, was ich erlebt habe. Ich weiß nicht, was ich machen soll mit dem, was ich erlebt habe, ich habe vor dieser ungeheuren Un-Ordnung Angst. Ich vertraue dem, was mir geschehen ist, nicht. Ist mir etwas geschehen, das ich dadurch, daß ich es nicht zu leben wußte, als etwas anderes erlebt habe? Das würde ich Un-Ordnung nennen wollen, denn so hätte ich die Sicherheit, um mich vorzuwagen, weil ich danach wüßte, wohin ich zurückkehren könnte: zur vorherigen Ordnung. Ich ziehe es vor, dieses als Un-Ordnung zu bezeichnen, denn ich will mich nicht bestätigen in dem, was ich erlebt habe – in der Bestätigung meiner selbst würde ich die Welt, so wie ich sie besaß, verlieren, und ich weiß, daß ich die Fähigkeit zu einer anderen nicht habe.

Wenn ich mich bestätige und mich als wahrhaftig betrachte, dann bin ich verloren, weil ich nicht weiß, wo ich meine neue Art zu sein einfügen soll – wenn ich meinen fragmentarischen Visionen folge, muß sich die ganze Welt verändern, damit ich darin Platz finde.

Ich habe etwas verloren, was mir wesentlich war, mir nun aber nichts mehr bedeutet. Ich brauche es nicht, es ist so, als hätte ich ein drittes Bein verloren, das mich bis jetzt am Gehen hinderte, aus mir aber einen stabilen Dreifuß machte. Dieses dritte Bein habe ich verloren. So bin ich wieder jemand geworden, der ich niemals war. Ich bekam zurück, was ich zuvor niemals hatte: nur die zwei Beine. Ich weiß, daß ich nur mit zwei Beinen gehen kann. Aber die unnütze Abwesenheit des dritten fehlt mir und erschreckt mich, denn das dritte machte aus mir etwas, das ich selbst finden konnte, und zwar, ohne daß ich mich suchen mußte.

Ist der Grund meiner Auflösung der, daß ich verloren habe, was ich nicht brauchte? In dieser meiner neuen Feigheit – die Feigheit ist das Neueste, was mir bislang widerfahren ist, sie ist mein größtes Abenteuer; meine Feigheit ist ein so weites Feld, daß nur der ganz große Mut mich dazu bringt, sie anzunehmen – in meiner neuen Feigheit, die so ist, wie am Morgen im Haus eines Fremden aufzuwachen, weiß ich nicht, ob ich den Mut haben werde, ohne weiteres zu gehen. Es ist schwer, sich zu verlieren. Es ist so schwer, daß ich wahrscheinlich schnell einen Weg suchen werde, um mich zu finden, selbst wenn mich zu finden wiederum die Lüge ist, von der ich lebe. Mich zu finden bedeutete bislang, bereits eine Vorstellung von dem, was ein Mensch ist, zu haben und mich in diese einzufügen: in diesem geordneten Menschen verkörperte ich mich und spürte nicht einmal die große Anstrengung, die erforderlich ist, um das Leben aufrechtzuerhalten. Die Vorstellung, die ich mir von einem Menschen machte, rührte von meinem dritten Bein her, von dem, das mich am Boden festhielt. Aber was nun? Werde ich freier sein?

Nein. Ich weiß, daß meine Empfindungen noch nicht frei sind, daß ich erneut denke, weil ich das Finden zum Ziel habe – und daß ich um der Sicherheit willen den Moment als Finden bezeichne, in dem ich einen Ausgang entdecke. Warum habe ich nicht den Mut, nur einen Eingang zu finden? O doch, ich weiß, daß ich hineingegangen bin. Aber ich bin erschrocken, weil ich nicht weiß, wohin dieser Zugang führt. Und noch nie hatte ich mich vorher treiben lassen, es sei denn, ich kannte das Ziel.

Gestern habe ich jedoch mehrere Stunden lang mein menschliches Gesicht verloren. Wenn ich den Mut habe, werde ich weiterhin verloren bleiben. Aber ich habe Angst vor dem Neuen, und ich habe Angst, das zu leben, was ich nicht verstehe – ich will immer die Sicherheit haben, wenigstens zu glauben, daß ich verstehe – der Desorientierung vermag ich mich nicht auszuliefern. Wie erklärt es sich, daß meine größte Angst genau damit verbunden ist: zu sein? und dennoch gibt es keinen anderen Weg. Wie erklärt es sich, daß meine größte Angst genau die ist, das zu leben, was jeweils ist? Wie erklärt es sich, daß ich es nicht aushalte, zu sehen, nur weil das Leben nicht das ist, was ich dachte, sondern ein anderes – als ob ich vorher gewußt hätte, was es ist! Warum nur bedeutet zu sehen eine solche Auflösung?

Und eine Enttäuschung. Aber Enttäuschung worüber? wenn ich, ohne auch nur das Geringste zu spüren, meine mühsam aufrechterhaltene Ordnung kaum ertragen konnte? Vielleicht ist Enttäuschung die Angst, nicht mehr einem System anzugehören. Man müßte jedoch folgendes sagen: er ist sehr glücklich, weil er endlich enttäuscht wurde. Was ich vorher war, tat mir nicht gut. Doch aus diesem Nicht-Guten hatte ich das Beste gemacht: die Hoffnung. Aus meinem eigenen Übel hatte ich etwas Gutes für die Zukunft geschaffen. Ist meine Angst jetzt die, daß meine neue Art zu sein keinen Sinn ergibt? Aber warum lasse ich mich nicht von dem leiten, was jeweils geschieht? Ich werde das heilige Risiko des Zufalls eingehen müssen. Und die Bestimmung werde ich durch die Wahrscheinlichkeit ersetzen.

Ob wohl in der Kindheit die Entdeckungen wie in einem Labor waren, wo man findet, was immer man finden mag? Geschah es also im Erwachsenenalter, daß ich Angst bekam und das dritte Bein erschuf? Und gelingt es mir, als Erwachsener den kindlichen Mut zu fassen, mich zu verlieren? Sich verlieren heißt, aufs neue zu finden und nicht einmal zu wissen, was man mit dem, was man jeweils findet, machen soll. Die zwei Beine, die gehen, ohne das zusätzliche dritte, das festhält. Und ich will, daß man mich festhält. Ich weiß nichts anzufangen mit der fürchterlichen Freiheit, die mich zerstören kann. Aber als ich wie ein Gefangener festgehalten wurde, war ich da zufrieden? Oder gab es – aber ja, es gab – dieses Hinterhältige und Unruhige in der glücklichen Routine meiner Gefangenschaft? Oder gab es – aber ja, es gab – jenes Pulsierende, an das ich so gewöhnt war, daß ich glaubte, zu pulsieren bedeutete, ein Mensch zu sein? War es so? Ja, ja, es war auch so.

Ich erschrecke so sehr, wenn ich begreife, daß ich über Stunden hin meine menschliche Form verloren habe. Ich weiß nicht, ob ich eine andere haben werde, um die verlorene zu ersetzen. Ich weiß, daß ich aufpassen muß, um nicht insgeheim ein neues drittes Bein zu benutzen, das mir so einfach nachwächst wie Gras, und um dieses schützende Bein nicht eine ›Wahrheit‹ zu nennen.

Aber ich weiß auch nicht, welche Form ich dem, was mir geschehen ist, geben soll. Und ohne ihm eine Form zu geben, gibt es für mich nichts. Und – und wenn in der Tat wirklich nichts passiert ist?! wer weiß, vielleicht ist mir überhaupt nichts geschehen? Ich kann nur verstehen, was mir geschieht, aber es geschieht nur das, was ich verstehe – was weiß ich von dem Rest? den Rest hat es nicht gegeben. Wer weiß, vielleicht hat nichts jemals wirklich existiert! Wer weiß, vielleicht widerfuhr mir nur eine langsame, tiefgehende Auflösung? Und mein Kampf gegen diesen Zerfall ist vielleicht der: zu versuchen, ihm jetzt eine Form zu geben? Eine Form umkreist das Chaos, eine Form gibt der gestaltlosen Substanz Halt – die Vision eines unendlichen Fleisches ist die Vision der Verrückten, aber wenn ich das Fleisch in Stücke schneide und es auf Tage und Hunger verteile – dann wird es nicht mehr Verdammnis und Verrücktheit sein: es wird wieder das vermenschlichte Leben sein.

Das vermenschlichte Leben. Ich hatte das Leben zu sehr vermenschlicht.

Aber wie soll ich jetzt vorgehen? Soll ich die Vision als ganze behalten, selbst wenn dies bedeutet, im Besitz einer unverständlichen Wahrheit zu sein? oder soll ich dem Nichts eine Form geben, und das ist dann meine Art, in mir aus meinem eigenen Zerfall ein Ganzes zu bilden? Aber ich bin so wenig darauf vorbereitet, zu verstehen. Immer, wenn ich es früher versuchte, vermittelten mir meine Grenzen ein Gefühl körperlichen Unbehagens; jeder Anfang eines Gedankens stößt in mir sogleich an die Stirn. Früh wurde ich gezwungen, die Grenzen meiner geringen Intelligenz ohne zu jammern anzuerkennen, und ich wählte einen anderen Weg. Ich wußte, daß meine eigentliche Bestimmung nicht das Denken war, die Denktätigkeit schränkte mich in meiner Haut ein. Wie soll ich also jetzt in mir das Denken eröffnen? und vielleicht kann nur das Denken mich retten, denn ich habe Angst vor der Passion.

Da ich doch den morgigen Tag retten muß, da ich doch eine Form brauche, weil ich nicht die Kraft habe, weiterhin auf eine Form zu verzichten, da ich doch unbedingt das monströse unendliche Fleisch aufteilen und in Stücke schneiden muß, die der Größe meines Mundes und dem Blickfeld meiner Augen entsprechen; da ich doch zwangsläufig der Notwendigkeit einer Form unterliegen werde, die aus meiner Angst, unförmig zu sein, kommt – ach, hätte ich dann doch wenigstens den Mut, zuzulassen, daß diese Form sich allein bildet, wie eine Kruste, die von selbst hart wird, wie der Feuerball, der abkühlt und zu Erde wird. Ja, hätte ich doch den großen Mut, der Versuchung zu widerstehen, eine Form zu erfinden.

Die Anstrengung, die ich jetzt unternehmen werde, um einem Sinn zum Durchbruch zu verhelfen – wie immer er auch sein mag – diese Anstrengung wäre geringer, wenn ich mir vorstellte, jemandem zu schreiben.

Aber ich fürchte, daß ich zu formen beginne, um von diesem imaginären Jemand verstanden werden zu können, ich fürchte, daß ich beginne, einen Sinn zu ›machen‹, und zwar mit derselben sanften Verrücktheit, die bis gestern meiner normalen Art entsprach, in ein System zu passen. Muß ich den Mut aufbringen, mein Herz ungeschützt einzusetzen, und zu dem Nichts und zu dem Niemand sprechen? so wie ein Kind, das zum Nichts denkt. Und dabei das Risiko eingehen, vom Zufall zerquetscht zu werden.

Was ich gesehen habe, verstehe ich nicht. Und ich weiß nicht einmal, ob ich gesehen habe, da sich meine Augen letzten Endes nicht mehr vom Gesehenen unterscheiden. Nur infolge eines unerwarteten Zitterns von Linien, nur infolge einer Anomalie in der ununterbrochenen Kontinuität meiner äußeren Lebensformen habe ich für den Bruchteil einer Sekunde den lebensspendenden Tod erprobt. Den feinen Tod, der mich lehrte, mit dem verbotenen Gewebe des Lebens umzugehen. Es ist verboten, den Namen des Lebens zu nennen. Und ich habe ihn fast ausgesprochen. Beinahe konnte ich mich von seinem Gefüge nicht mehr befreien, was für mich die Zerstörung meines alltäglichen Lebens bedeutet hätte.

Vielleicht ist das, was mir widerfuhr, ein Verstehen – und um wahrhaft zu sein, darf ich ihm auch weiterhin nicht gewachsen sein, darf ich es auch weiterhin nicht verstehen. Jedes plötzliche Verstehen ähnelt in hohem Grade einem durchdringenden Nicht-Verstehen.

Nein. Jedes plötzliche Verstehen ist schließlich die Enthüllung eines durchdringenden Nicht-Verstehens. Jeder Moment des Findens ist ein Sich-selbst-Verlieren. Vielleicht widerfuhr mir ein Verstehen so vollständig wie eine Unwissenheit, und daraus gehe ich so unberührt und unschuldig hervor wie vorher. Kein Verständnis meinerseits wird jemals die Höhe dieses Verstehens erreichen, denn zu leben ist die einzige Höhe, die ich erreichen kann – meine einzige Ebene ist, zu leben. Nur daß ich jetzt – jetzt von einem Geheimnis weiß. Das ich schon wieder beginne, zu vergessen, ach, ich spüre, wie ich es vergesse...

Um es von neuem zu erfahren, müßte ich jetzt zu neuem Sterben erwachen. Und vielleicht wäre es zu wissen, der Mord an meiner menschlichen Seele. Und ich will nicht, ich will nicht. Was mich noch retten könnte, wäre die Hingabe an eine neue Unwissenheit, das wäre möglich. Denn in derselben Zeit, in der ich dabei war, um dieses Wissen zu kämpfen, wurde meine neue Unwissenheit, die im Vergessen besteht, heilig. Ich bin die Vestalin eines Geheimnisses, von dem ich nicht mehr weiß, welches es war. Und ich diene der vergessenen Gefahr. Ich wußte um etwas, das ich nicht verstehen konnte, mein Mund war versiegelt, und es blieben mir nur die unbegreiflichen Bruchstücke eines Rituals. Obwohl ich zum ersten

Mal spüre, daß mein Vergessen endlich auf gleicher Ebene mit der Welt steht. Ach, und ich will nicht einmal, daß mir erklärt wird, was aus sich selbst herauskommen müßte, um erklärt zu werden. Ich will nicht, daß mir erklärt wird, was von neuem der menschlichen Wertung bedürfte, um gedeutet zu werden.

Leben und Tod lagen in meiner Hand, und ich war wie ein Ungeheuer. Mein Mut war der eines Schlafwandlers, der einfach geht. Während der Stunden der Verdammnis hatte ich den Mut, weder zu formen noch zu organisieren. Und vor allem den Mut, nicht vorauszusehen. Niemals zuvor hatte ich es gewagt, mich von dem Unbekannten in eine unbekannte Welt führen zu lassen: meine Voraussichten bedingen von vornherein, was ich sehen würde. Sie waren nicht die Vorausblicke des Blicks: sie hatten bereits die Dimension meiner Vorsicht. Meine Voraussichten verschlossen mir die Welt.

So daß ich für einige Stunden aufgab. Und bei Gott, ich bekam, was ich nicht mochte. Ich bin nicht etwa ein Flußtal entlanggewandert – ich hatte immer gedacht, daß zu finden fruchtbar und feucht sei wie Flußtäler. Ich hatte nicht damit gerechnet, daß es dieses große Verfehlen ist.

Muß ich, um weiterhin menschlich zu bleiben, das Opfer des Vergessens bringen? Jetzt kann ich in den alltäglichen Gesichtern einiger Leute erkennen, daß – daß sie vergessen haben. Und sie wissen nicht einmal mehr, daß sie vergessen haben, was sie vergessen haben.

Ich habe gesehen. Ich weiß, daß ich gesehen habe, weil ich dem, was ich gesehen habe, nicht meinen Sinn gab. Ich weiß, daß ich gesehen habe – weil ich nicht verstehe. Ich weiß, daß ich gesehen habe – weil das, was ich gesehen habe, zu nichts nutze ist. Höre, ich werde reden müssen, weil ich nicht weiß, was ich damit anfangen soll, daß ich gelebt habe. Schlimmer noch: ich will nicht, was ich gesehen habe. Was ich gesehen habe, zerstört mein tägliches Leben. Entschuldige, daß ich dir dies gebe, allzu gern hätte ich etwas Besseres gesehen. Nimm, was ich gesehen habe, befreie mich von meiner unnützen Vision und von meiner vergeblichen Sünde.

Ich bin so erschrocken, daß ich nur akzeptieren kann, mich verloren zu haben, wenn ich mir vorstelle, daß jemand mir die Hand reicht.

Jemandem die Hand zu reichen, war immer das, was ich mir von der Freude erhoffte. Viele Male vor dem Einschlafen – in diesem kleinen Kampf, nicht das Bewußtsein zu verlieren und in die größere Welt einzutreten – viele Male bevor ich den Mut habe, mich der Größe des Schlafs hinzugeben, tue ich so, als hielte mir jemand die Hand, und dann gleite ich, gleite in die riesige Formlosigkeit, die der Schlaf ist. Und wenn ich dann immer noch keinen Mut habe, träume ich.

Sich dem Schlaf hinzugeben, ähnelt sehr der Art, wie ich jetzt auf meine Freiheit zugehen muß. Mich dem hinzugeben, was ich nicht verstehe, bedeutet, mich an den Rand des Nichts zu stellen. Es bedeutet, immer nur weiterzugehen, wie eine Blinde, verloren auf einem Feld. Dieses Übernatürliche, das zu leben bedeutet. Das Leben zu leben, das ich gezähmt hatte, um es mir vertraut zu machen. Diese mutige Tat, die darin besteht, mich hinzugeben, und die so ist, wie die schemenhafte Hand des Gottes zu ergreifen, und in dieses Etwas ohne Form einzutreten, das ein Paradies ist. Ein Paradies, das ich nicht will!

Beim Schreiben und Sprechen werde ich so tun müssen, als hielte jemand meine Hand.

Ach, wenigstens am Anfang, nur am Anfang. Sobald ich sie freigeben kann, werde ich alleine gehen. Vorläufig muß ich diese deine Hand festhalten – selbst wenn es mir nicht gelingt, dein Gesicht und deine Augen und deinen Mund zu erfinden. Doch obwohl sie abgetrennt ist, erschreckt mich diese Hand nicht. Sie zu erfinden, entspringt einer so großen Vorstellung von Liebe, als wäre die Hand wirklich mit einem Körper verbunden, und es geschieht nur aus Unfähigkeit zu noch mehr Liebe, wenn ich diesen nicht sehe. Ich bin nicht in der Lage, mir einen ganzen Menschen vorzustellen, weil ich selbst kein ganzer Mensch bin. Wie soll ich mir ein Gesicht vorstellen, wenn ich nicht weiß, welchen Gesichtsausdruck ich brauche? Sobald ich deine warme Hand freigeben kann, werde ich alleine und bleich vor Schrecken gehen. Der Schrecken wird als Verantwortung auf mir lasten, bis die Metamorphose sich vollzieht und der Schrecken sich in Klarheit verwandelt. Nicht in die Klarheit, die aus einem Wunsch nach Schönheit und Moralität entsteht, zu der ich mich vorher, wenn ich es auch nicht wußte, entschlossen hatte; sondern in die natürliche Klarheit dessen, was existiert, und diese natürliche Klarheit ist es, die mich erschreckt. Obwohl ich weiß, daß der Schrecken – der Schrecken angesichts der Dinge ich bin.

Vorläufig erfinde ich deine Gegenwart, ebenso wie ich nicht weiß, ob ich jemals den Mut haben werde, eines Tages alleine zu sterben, zu sterben ist von allergrößtem Risiko, ich werde nicht in den Tod eintreten und den ersten Fuß in die erste Abwesenheit meiner selbst setzen können – auch in dieser letzten und zugleich ersten Stunde werde ich deine unbekannte Gegenwart erfinden, und an deiner Seite werde ich zu sterben beginnen, bis ich alleine lernen kann, nicht mehr zu sein, und dann werde ich dich freigeben. Noch halte ich dich fest, und dein unbekanntes warmes Leben ist mein einziger innerer Zusammenhalt, ich, die ich mich jetzt ohne deine Hand in der gewaltigen Größe, die ich entdeckt habe, haltlos fühlen würde. In der Größe der Wahrheit?

Aber die Wahrheit hat für mich doch nie einen Sinn ergeben. Die Wahrheit ergibt für mich keinen Sinn! Deswegen habe ich sie gefürchtet und fürchte sie auch noch. Schutzlos gebe ich dir alles hin – damit du daraus etwas Fröhliches machst. Werde ich dich erschrecken und dich verlieren, weil ich zu dir spreche? aber wenn ich nicht spreche, werde ich mich verlieren, und da ich mich verlöre, würde ich dich verlieren.

Die Wahrheit ergibt keinen Sinn, die Größe der Welt schüchtert mich ein. Das, was ich wahrscheinlich erbeten und schließlich auch bekommen habe, hat mich jedoch bedürftig wie ein Kind gemacht, das alleine auf der Welt ist. So bedürftig, daß nur die Liebe des ganzen Universums zu mir mich trösten und bereichern könnte, nur eine Liebe so groß, daß selbst die Keimzelle aller Dinge erbebte vor dem, was ich eine Liebe nenne. Vor dem, was ich in Wirklichkeit nur nenne, doch ohne seinen Namen zu wissen.

Kann, was ich gesehen habe, die Liebe gewesen sein? Aber was ist das für eine Liebe, die so blind ist wie die einer Keimzelle? war es das? Jener Schrecken, war das Liebe? Liebe, die so neutral ist, daß – nein, ich will noch nicht über mich sprechen, jetzt zu sprechen würde bedeuten, einen Sinn zu überstürzen, wie jemand, der schnell durch die lähmende Sicherheit eines dritten Beins die Bewegung verliert. Oder schiebe ich nur den Beginn des Sprechens auf? warum sage ich nichts und gewinne nur Zeit? Aus Angst. Es erfordert Mut, den Versuch einer Konkretisierung dessen, was ich spüre, zu wagen. Es ist, als hätte ich eine Münze und wüßte nicht, in welchem Land sie gültig ist.

Ich werde Mut brauchen, um das zu tun, was ich tun werde: zu reden. Und mich der übergroßen Bestürzung auszusetzen, die die

Ärmlichkeit des Gesagten in mir hervorrufen wird. Kaum werde ich es ausgesprochen haben, und schon werde ich hinzufügen müssen: das ist es nicht, nein, das ist es nicht! Aber es ist auch nötig, die Angst vor dem Lächerlichen zu überwinden; ich habe immer, nicht zuletzt aus Angst vor der Lächerlichkeit, das Weniger dem Mehr vorgezogen: denn es gibt auch die Zerrissenheit aus Scham. So schiebe ich die Stunde auf, in der ich über mich spreche. Aus Angst?

Und weil ich kein einziges Wort zu sagen habe.

Ich habe kein einziges Wort zu sagen. Warum also schweige ich nicht? Aber wenn ich das Wort nicht erzwinge, wird die Stummheit für immer über mir zusammenschlagen. Das Wort und die Form werden der Strohhalm sein, an den geklammert ich über der Brandung der Stummheit dahintreibe.

Und wenn ich den Beginn aufschiebe, dann auch deswegen, weil ich niemanden habe, der mich führt. Der Bericht anderer Reisender bietet mir wenig Fakten hinsichtlich der Reise: alle Informationen sind schrecklich unvollständig.

Ich spüre, daß mich allmählich eine erste Freiheit ergreift... Denn nie zuvor habe ich den Mangel an gutem Geschmack so wenig gefürchtet: ich habe ›Brandung der Stummheit‹ geschrieben, was ich früher nie getan hätte, da ich immer die Schönheit und die ihr innewohnende Zurückhaltung respektiert habe. Ich habe ›Brandung der Stummheit‹ gesagt, mein Herz neigt sich demütig, und ich akzeptiere es. Habe ich endlich das ganze System des guten Geschmacks verloren? Wird das womöglich mein einziger Gewinn sein? Wie unfrei muß ich gelebt haben, daß ich mich jetzt, nur weil ich nicht mehr den Mangel an Ästhetik fürchte, freier fühle... Ich ahne noch nicht, was ich außerdem gewonnen haben könnte. Wer weiß, vielleicht werde ich es nach und nach begreifen. Vorläufig besteht meine erste schüchterne Lust darin, festzustellen, daß ich die Angst vor dem Häßlichen verloren habe. Und dieser Verlust ist von einer solchen Güte. Er ist wunderbar.

Ich will wissen, was ich im Verlieren weiterhin gewonnen habe. Bislang weiß ich es nicht: nur wenn ich mich noch einmal erlebe, werde ich leben.

Aber wie soll ich mich noch einmal erleben? Wenn ich kein natürliches Wort zu sagen habe. Muß ich das Wort erfinden, als würde ich erschaffen, was mir passiert ist?

Ich werde erschaffen, was mir passiert ist. Nur weil zu leben nicht mitteilbar ist. Zu leben ist nicht lebbar. Ich werde das Leben erfinden müssen. Und ohne zu lügen. Erfinden ja, lügen nein. Erfinden heißt nicht, sich etwas vorzustellen, es heißt, das große Risiko einzugehen, die Realität zu besitzen. Zu verstehen ist eine Erfindung, ist meine einzige Lebensweise. Ich werde angestrengt Funksignale übersetzen müssen – das Unbekannte in eine Sprache übersetzen, die ich nicht kenne, und ohne auch nur ansatzweise zu verstehen, wozu die Signale nutzen. Ich werde in dieser somnambulen Sprache reden, die, wenn ich wach wäre, keine Sprache wäre.

Bis ich die Wahrheit dessen, was mir geschehen ist, erschaffen habe. Ach, es wird mehr ein Gekritzel sein als eine Schrift, denn ich versuche eher eine Nachbildung als einen Ausdruck hervorzubringen. Ich habe es immer weniger nötig, mich auszudrücken. Habe ich auch das verloren? Nein. Schon als Bildhauerin versuchte ich nur nachzubilden, nur mit den Händen nachzubilden.

Werde ich in der Stummheit der Signale mich selbst verlieren? Ja, das werde ich, denn ich weiß, wie ich bin: ich konnte niemals sehen, ohne sogleich mehr als das Sehen zu brauchen. Ich weiß, daß ich mich erschrecken werde, wie jemand, der blind ist und endlich die Augen öffnet und sieht – aber was sieht er? ein stummes und unbegreifliches Dreieck. Könnte es sein, daß dieser Mensch glaubt, nicht mehr blind zu sein, nur weil er ein unbegreifliches Dreieck sieht?

Ich frage mich: wenn ich die Dunkelheit durch eine Lupe betrachte, werde ich dann mehr sehen als die Dunkelheit? die Lupe erhellt sie nicht, sie offenbart sie nur noch mehr. Und wenn ich die Klarheit durch eine Lupe betrachte, werde ich mit Erschütterung nur eine noch größere Klarheit sehen. Ich habe gesehen, aber ich bin so blind wie zuvor, denn ich sah ein unbegreifliches Dreieck. Es sei denn, auch ich verwandle mich in dieses Dreieck, das in dem unbegreiflichen Dreieck die Quelle und Wiederholung meiner selbst erkennen wird.

Ich schiebe es auf. Ich weiß, daß alles, was ich sage, nur dem Aufschieben dient – dem Aufschieben des Moments, in dem ich beginnen muß, zu reden, wohl wissend, daß mir nichts mehr zu sagen bleibt. Ich schiebe mein Schweigen auf. Habe ich mein Leben lang das Schweigen aufgeschoben? Jetzt aber kann ich aus Verachtung für das Wort vielleicht endlich anfangen zu sprechen.

Die Funksignale. Die Welt gespickt mit Antennen, und ich damit beschäftigt, das Signal aufzufangen. Ich werde nur die Umschrift in Laute vornehmen können. Seit dreitausend Jahren war ich wie geblendet, und was von mir übrig blieb, waren nur Lautfetzen. Ich bin blinder als je zuvor. Ja, ich habe gesehen. Ich habe gesehen, und ich bin erschrocken vor der brutalen Wahrheit einer Welt, deren größter Schrecken darin besteht, so sehr lebendig zu sein, daß ich, um zugeben zu können, ebenso lebendig zu sein wie sie – und meine schlimmste Entdeckung ist die, ebenso lebendig zu sein –, mein Bewußtsein vom äußeren Leben so weit verändern muß, daß es einem Anschlag auf mein persönliches Leben gleichkommt.

Für meine frühere strenge Moralität – meine Moralität war der Wunsch, zu verstehen, und da ich nicht verstand, ordnete ich die Dinge; erst gestern und noch vor kurzem entdeckte ich, daß ich immer zutiefst moralisch gewesen war: ich duldete nur die Zweckbestimmung – für meine frühere Moralität ist meine Entdeckung, so grausam lebendig zu sein wie dieses grausame Licht, das ich gestern gelernt habe, für diese meine Moralität ist der schwer zu ertragende Ruhm, lebendig zu sein, der große Schrekken. Früher zehrte ich von einer vermenschlichten Welt – hat das Lebendige an sich meine einstige Moralität nun aber zum Einsturz gebracht?

Denn eine vollkommen lebendige Welt hat die Kraft einer Hölle.

Denn eine vollkommen lebendige Welt hat die Kraft einer Hölle.

Gestern morgen, als ich den Salon verließ und in das Zimmer des Dienstmädchens ging, konnte ich nicht ahnen, daß ich nur einen Schritt von der Entdeckung eines Imperiums entfernt war. Einen Schritt von mir selbst entfernt. Mein allererster Kampf um das ursprünglichste Leben sollte sich mit der ruhigen, gefräßigen Wildheit der Wüstentiere anbahnen. Ich sollte mit einer Ebene des Lebens in mir konfrontiert werden, so elementar, daß sie dem Leblosen ganz nahe kam. Gleichwohl ließ keine meiner Gesten erkennen, daß ich mit durstigen, trockenen Lippen existieren würde.

Erst später sollte mir ein alter Satz einfallen, der sich mir vor Jahren eingeprägt hatte, nur der Untertitel eines Zeitschriftenartikels, den ich am Ende doch nicht las: »Verloren in der sengenden Hölle eines Cañons, kämpft eine Frau verzweifelt um ihr Leben.« Nichts ließ mich ahnen, worauf ich mich einließ. Aber ich war noch nie in der Lage gewesen, die Dinge zu erkennen, die sich anbahnten; jedesmal, wenn sie sich zuspitzten, kam es mir vor wie ein überraschender Durchbruch, eine Explosion der Augenblicke zu einem bestimmten Zeitpunkt und nicht wie die Fortsetzung eines steten Ablaufs.

An jenem Morgen, bevor ich in das Zimmer eintrat, was war ich da? Ich war das, als was die anderen mich immer gesehen hatten, und so kannte auch ich mich. Ich kann nicht sagen, was ich war. Aber wenigstens daran will ich versuchen, mich zu erinnern: Womit war ich gerade beschäftigt?

Es war kurz vor zehn Uhr vormittags, und seit langem empfand ich die Wohnung zum ersten Mal wieder als meine eigene. Am Tag davor hatte das Dienstmädchen gekündigt. Die Tatsache, daß niemand redete oder umherging und Vorfälle provozierte, hüllte dieses Haus, in dem ich in bescheidenem Luxus lebe, in Schweigen. Ich blieb länger als sonst am Kaffeetisch sitzen – wie schwierig es doch ist, festzustellen, wie ich war. Dennoch muß ich die Anstrengung unternehmen, mir wenigstens eine frühere Form zu geben, damit ich verstehen kann, was geschah, als ich sie verlor.

Ich saß länger als sonst am Kaffeetisch und drehte Brotkügelchen – so war es doch? Ich muß es erfahren, ich muß wissen, was ich war! Ich war das: ich drehte zerstreut runde Kügelchen aus

Brotkrumen, und meine letzte und wenig aufregende Liebesbeziehung war freundschaftlich mit einer Liebkosung beendet worden: ich hatte wieder den etwas faden, glücklichen Geschmack von Freiheit gewonnen. Ordnet mich das entsprechend ein? Ich bin angenehm, ich pflege aufrichtige Freundschaften, und da ich mir dessen bewußt bin, unterhalte ich auch zu mir eine gefällige Freundschaft, die mit einem gewissen ironischen Gefühl mir selbst gegenüber einhergeht, das ich jedoch niemals als Bedrängnis empfunden habe.

Aber – wie mein Schweigen vorher war, das weiß ich nicht, noch habe ich es jemals gewußt. Manchmal, wenn ich Aufnahmen von mir betrachtete, die mich am Strand oder auf einem Fest zeigten, verstand ich mit einer Befürchtung, die leicht ironisch gefärbt war, was dieses lächelnde, verdüsterte Gesicht mir enthüllte: ein Schweigen. Ein Schweigen und eine Bestimmung, die mir entglitten. Ich, Bruchstück einer Hieroglyphe eines toten oder lebendigen Imperiums. Beim Anblick dieses Gesichts sah ich das Geheimnis. Nein. Ich werde den Rest Angst vor meinem schlechten Geschmack verlieren, ich werde beginnen, meinen Mut zu erproben, denn leben bedeutet nicht, Mut zu haben; zu wissen, daß man lebt, ist der Mut – und ich werde sagen, daß ich auf meinem Foto DAS MYSTERIUM sah. Ich war ein wenig überrascht, aber erst jetzt weiß ich, daß es eine Überraschung war: denn in den lächelnden Augen gab es ein Schweigen, wie ich es nur in Seen gesehen und wie ich es nur im Schweigen selbst gehört habe.

Damals hätte ich nie gedacht, daß ich eines Tages auf dieses Schweigen stoßen würde. Auf die Zersplitterung des Schweigens. Mit einem Blick streifte ich das fotografierte Gesicht, und für eine Sekunde blickte mich nun in diesem ausdruckslosen Gesicht die Welt ihrerseits ebenso ausdruckslos an. War dies – nur dies – meine unmittelbarste Begegnung mit mir selbst? Ja? der größte stumme Tiefgang, den ich je erreicht habe, meine blindeste und direkteste Verbindung mit der Welt. Der Rest – der Rest waren immer die Inszenierungen meiner selbst, jetzt weiß ich es, o ja, jetzt weiß ich es. Der Rest war die Art, wie ich mich Stück für Stück in die Person verwandelt hatte, die meinen Namen trägt. Und am Ende war ich mein eigener Name geworden. Es reicht, im Leder meiner Koffer die Initialen G. H. zu sehen, und siehe da – das bin ich. Auch von den anderen forderte ich nicht mehr als die oberste Farbschicht ihrer Initialen. Außerdem hat mich die ›Psychologie‹

niemals interessiert. Der psychologische Blick rief stets Ungeduld in mir hervor und tut es auch noch, er ist ein Instrument, das nur durchbohrt. Ich glaube, daß ich seit meiner Jugend die psychologische Ebene verlassen habe.

G. H. hatte viel erlebt, womit ich sagen will, hatte viele Fakten erlebt. Wer weiß, vielleicht hatte ich irgendwie Eile, alles was ich zu erleben hatte, sofort zu erleben, damit mir Zeit übrigbliebe, um... um ohne Fakten zu leben? Um zu leben. Ich habe früh gelernt, die Pflichten meiner Sinne zu erfüllen, vorzeitig und schnell erlebte ich Schmerzen und Freuden – um mich schnell von meinem kleineren menschlichen Schicksal zu befreien? und um frei zu sein, meine Tragödie zu suchen.

Irgendwo lag meine Tragödie. Wo befand sich mein größeres Schicksal? ein Schicksal, das mehr war als der reine Ablauf meines Lebens. Die Tragödie – das größte aller Abenteuer – hatte sich nie in mir verwirklicht. Nur mein persönliches Schicksal war das, was ich kannte und was ich wollte.

Ich strahle Ruhe aus, Ergebnis eines Grades an Selbstverwirklichung, der bis in das G. H. der Koffer geht. Auch in bezug auf mein sogenanntes Innenleben, hatte ich mir, ohne es zu spüren, mein Ansehen zu eigen gemacht: ich behandelte mich so, wie die Leute mich behandeln, ich war das, was die anderen von mir sahen. Wenn ich alleine war, gab es keinen Einbruch, es gab nur einen Grad weniger von dem, was ich zusammen mit den anderen war, und in all dem bestand immer meine Natürlichkeit und mein Wohlbefinden. Und meine Art von Schönheit. Sind es nur meine Fotos, die einen Abgrund spiegeln? einen Abgrund.

Einen Abgrund aus nichts. Nur dieses Große und Leere: einen Abgrund.

Ich handelte wie jemand, von dem man sagen konnte, er habe sich selbst verwirklicht. Daß ich eine gewisse Zeitlang gelegentlich als Bildhauerin gearbeitet hatte, gab mir darüber hinaus eine Vergangenheit und eine Gegenwart, die es den anderen ermöglichte, mich einzuordnen: sie beziehen sich auf mich wie auf jemanden, der Plastiken macht, die, wären sie weniger amateurhaft entstanden, gar nicht so schlecht wären. In der Gesellschaft bedeutet dieses Ansehen für eine Frau viel, und sowohl aus der Sicht der anderen als auch aus meiner eigenen konnte ich so eine Rolle spielen, die weder die des Mannes noch die der Frau war. Was meiner Freiheit, eine Frau zu sein, förderlich war, zumal ich äußerlich keinerlei Anstrengungen unternahm, um es zu sein.

Vielleicht war es auch die sporadische Bildhauerei, die mein sogenanntes Innenleben mit der leisen Vorahnung eines Höhepunktes erfüllte – vielleicht weil sie eine bestimmte Aufmerksamkeit erfordert, zu der selbst eine dilettantische Kunst verpflichtet. Oder weil ich die Erfahrung machte, den Stoff geduldig so lange zu bearbeiten, bis ich allmählich die ihm immanente Gestalt fand; oder weil ich, immer noch durch die Bildhauerei, die erzwungene Nüchternheit besaß, mich mit dem abzumühen, was bereits nicht mehr ich war.

Das alles ließ mich den Höhepunkt erahnen wie jemand, der weiß, daß, wenn er in die Dinge hineinhorcht, aus ihnen etwas kommt, das ihm und dann wiederum den Dingen gegeben wird. Vielleicht war es diese Ahnung eines Höhepunktes, was ich in der lächelnden, rätselhaften Fotografie eines Gesichts entdeckte, dessen Wort ausdrucksloses Schweigen ist; alle Bilder von Menschen sind Bilder der Mona Lisa.

Ist das etwa alles, was ich über mich sagen kann? Daß ich ›aufrichtig‹ bin? In gewisser Weise bin ich das. Ich lüge nicht, um falsche Wahrheiten zu schaffen. Aber ich habe die Wahrheiten zu sehr als Vorwand benutzt. Die Wahrheit als Vorwand zur Lüge? Ich könnte mir selbst Schmeicheleien sagen und ebensogut von der Niedertracht sprechen. Aber ich muß aufpassen, um Mängel nicht mit Wahrheiten zu verwechseln. Ich habe Angst vor den Folgen einer bestimmten Aufrichtigkeit: vor meinem sogenannten Großmut, den ich ausklammere, und vor meiner sogenannten Niedertracht, die ich auch ausklammere. Je aufrichtiger ich wäre, um so größer wäre auch mein Hang, mir zu schmeicheln, sei es aus gelegentlichem Großmut oder aus gelegentlicher Niedertracht. Die Aufrichtigkeit allein würde mich nicht dazu bringen, mich meiner Kleinlichkeit zu rühmen. Diese lasse ich aus, und nicht nur aus Mangel an Selbstvergebung, ich, die ich mir alles vergeben habe, was in mir schwer und gewichtig war. Die Kleinlichkeit lasse ich auch deswegen aus, weil das Bekenntnis bei mir oft Eitelkeit ist, selbst das leidvolle Bekenntnis.

Nicht etwa, daß ich von sämtlicher Eitelkeit frei sein möchte, aber ich darf mir nicht selbst im Wege sein, damit ich gehen kann. Sollte ich tatsächlich gehen. Oder ist nicht eitel sein zu wollen die schlimmste Form von Eitelkeit? Nein, ich glaube, daß mein Blick so sein sollte, daß die Farbe meiner Augen nicht zählt; um zu sehen, muß ich von mir selbst befreit sein.

Ist das wirklich alles, was ich war? Immer wenn ich einem unverhofften Besuch die Tür öffne, dann gewahre ich im Gesicht derjenigen, die mich an der Tür sehen, einen Ausdruck, der besagt, daß sie soeben meiner leisen Vorahnung eines Höhepunktes gewahr wurden. Was die anderen von mir aufnehmen, spiegelt sich in mir wider und bildet die Atmosphäre dessen, was sich ›ich‹ nennt. Vielleicht machte die Vorahnung des Höhepunktes bis jetzt mein Dasein aus. Das andere – das unbekannte und namenlose – dieses mein anderes Dasein, das nur tief war, war das, was mir wahrscheinlich die Sicherheit derjenigen gab, die immer in der Küche einen Wasserkessel auf kleiner Flamme stehen hat: um, was auch immer geschehe, jederzeit kochendes Wasser parat zu haben.

Nur, daß das Wasser niemals kochte. Ich brauchte keine Gewalt anzuwenden, ich entfachte nur so viel Feuer, wie das Wasser zum Kochen brauchte, ohne überzusprudeln. Nein, ich kannte die Gewalt nicht. Ich war nicht geboren worden, um einen Auftrag zu erfüllen, meine Natur zwang mir keinen auf; und ich hatte immer ein leichtes Spiel damit, mir keinerlei Rollen aufzuzwingen. Ich erlegte mir keine Rolle auf, aber ich hatte mich so zurechtgelegt, daß ich mich selbst verstehen konnte; mich nicht in einem Katalog wiederzufinden, hätte ich nicht ertragen. Meine Frage, wenn es eine gab, war nicht: ›was bin ich‹, sondern ›unter welchen bin ich‹. Mein Zyklus war vollständig: was ich in der Gegenwart erlebte, wurde schon so zurechtgelegt, daß ich mich später verstehen könnte. Ein Auge bewachte mein Leben. Dieses Auge nannte ich wahrscheinlich einmal Wahrheit, einmal Moral, einmal menschliches Gesetz, einmal Gott, einmal Ich. Ich lebte eher innerhalb eines Spiegels. Zwei Minuten nach der Geburt hatte ich meine Ursprünge bereits verloren.

Ein Schritt von dem Höhepunkt, ein Schritt von dem Revoltieren, ein Schritt von dem entfernt, was man Liebe nennt. Ein Schritt von meinem Leben entfernt – das ich, aufgrund einer gewissen Anziehungskraft des Gegenteils, nicht in Leben verwandelte; und auch aufgrund eines Ordnungswunsches. In der Unordnung des Lebens zu leben ist ein Zeichen schlechten Geschmacks. Selbst wenn ich es gewünscht hätte, wäre ich nicht in der Lage gewesen, diesen latenten Schritt in einen echten Schritt zu verwandeln. Aus Lust an einem harmonischen Ganzen, aus der gierigen und stets verheißungsvollen Lust, zu behalten und nicht zu geben – brauchte ich nicht den Höhepunkt, das Revoltieren oder mehr als die Vor-Liebe, die so viel glücklicher als die Liebe selbst ist. Reichte mir schon das Versprechen? Ein Versprechen reichte mir.

Wer weiß, vielleicht war diese Haltung, oder dieser Mangel an Haltung, auch darauf zurückzuführen, daß ich, die ich niemals Ehemann oder Kinder hatte, nie vor das Problem gestellt wurde, mich, wie man so sagt, zu meinen Fesseln zu bekennen oder sie abzustreifen: ich war ständig frei. Ständig frei zu sein, das wurde auch durch meine unkomplizierte Natur gefördert: essen und trinken und schlafen fällt mir leicht. Und natürlich hing meine Freiheit auch mit meiner finanziellen Unabhängigkeit zusammen.

Von der Bildhauerei rührte vermutlich auch meine Fähigkeit her, nur dann zu denken, wenn es erforderlich war, denn ich hatte nur mit den Händen zu denken gelernt, und zwar dann, wenn ich sie gebrauchte. Auch war mir von der zeitweiligen Tätigkeit als Bildhauerin die Gewohnheit der Lust geblieben, zu der ich ohnehin von Natur aus tendierte: meine Augen sind so oft der Form der Dinge gefolgt, daß ich gelernt hatte, immer mehr Lust zu empfinden, und mich regelrecht in sie vertiefte. Ich konnte, ohne all meine Fähigkeiten einzusetzen, ich konnte alles benutzen: genauso, wie mir gestern am Kaffeetisch zum Drehen runder Formen aus Brotteig die Oberfläche meiner Finger und die Oberfläche des Brotteiges genügt hatten. Um zu haben, was ich besaß, waren weder Schmerz noch Talent nötig. Was ich besaß, war nicht von mir erobert worden, es war eine Gabe.

Und was meine Beziehung zu Männern und Frauen betrifft, was war ich da? Ich empfand immer eine äußerst zärtliche Bewunderung für männliche Gewohnheiten und Gesten, und verspürte ohne Dringlichkeit die Lust, weiblich zu sein; weiblich zu sein, das war für mich auch eine Gabe. Ich verfügte nur über die Leichtigkeit der Gabe, das Erschrecken angesichts der Berufung war mir fremd – war es wirklich so?

Von dem Tisch aus, an dem ich, weil ich Zeit hatte, länger als sonst sitzen blieb, blickte ich um mich, während die Finger den Brotteig kneteten. Die Welt war ein Ort. Ein Ort, der mir zum Leben diente: in dieser Welt konnte ich ein Teigkügelchen auf das andere setzen, es reichte, sie aneinanderzureihen und sie ohne große Anstrengung zusammenzudrücken, damit eine Oberfläche sich mit der anderen vereinigte, und so bildete ich lustvoll eine seltsame Pyramide, die mich befriedigte: ein rechtwinkliges Dreieck aus runden Formen, eine Form, die aus den ihr entgegengesetzten Formen besteht. Falls es darin für mich einen Sinn gab, wußten es wahrscheinlich der Brotteig und meine Finger.

Die Wohnung spiegelt mich wider. Sie liegt im obersten Stock, was als exklusiv gilt. Menschen, die aus meinen Kreisen kommen, bemühen sich, in einem sogenannten ›Penthaus‹ zu wohnen. Es ist sogar weitaus mehr als exklusiv. Es ist eine echte Lust: von dort beherrscht man eine Stadt. Wenn diese Exklusivität sich zu verbreiten beginnt, werde ich mich dann, selbst ohne zu wissen warum, einer anderen Exklusivität zuwenden? Vielleicht. Wie ich, hat auch die Wohnung kühle Halbschatten und lichte Stellen, nichts ist brüsk: ein Raum geht in den anderen über und ist das Versprechen des nächsten. Von meinem Eßzimmer aus sah ich das Schattenspiel, das ein Vorspiel zum ›living‹ ergab. Alles hier ist die elegante, ironische und geistvolle Replik eines Lebens, das niemals irgendwo existiert hat: mein Haus ist eine rein künstliche Schöpfung.

In der Tat bezieht sich hier alles auf ein Leben, das, wäre es wirklich, mir nichts nützen würde. Was also ist die Vorlage? Wäre es wirklich, würde ich es nicht verstehen, aber das Duplikat liebe und verstehe ich. Eine Kopie ist immer hübsch. Die Tatsache, daß ich von Menschen umgeben bin, die sich teilweise oder ganz der Kunst widmen, hätte mich jedoch dazu bringen müssen, Kopien nicht diesen Wert beizumessen: aber scheinbar habe ich immer die Parodie vorgezogen, sie war es, die mir nützte. Ein Leben zu kopieren, gab mir wahrscheinlich – oder gibt mir noch? wie sehr ist die Harmonie meiner Vergangenheit zerstört? – ein Leben zu kopieren, gab mir wahrscheinlich nur deshalb Sicherheit, weil dieses Leben eben nicht meins war: es zwang mich nicht zur Verantwortlichkeit.

Die leichte allgemeine Lust, die scheinbar der Tenor war, nach dem ich gelebt habe oder noch lebe, kam vielleicht daher, daß die Welt weder mit mir übereinstimmte noch die meine war: ich konnte sie willkürlich gebrauchen und genießen. So wie ich auch die Männer nicht zu meinen eigenen machte und sie deshalb bewundern und aufrichtig lieben konnte, so wie man ohne egoistische Ansprüche liebt, so wie man eine Idee liebt. Da sie mir nicht gehörten, quälte ich sie auch niemals.

So wie man eine Idee liebt. Die geistreiche Eleganz meiner Wohnung rührt daher, daß hier alles in Anführungszeichen steht. Aus Respekt vor der wahren Autorschaft zitiere ich die Welt, ich habe sie ständig zitiert, da sie weder ich selbst noch die meine war. War die Schönheit, eine gewisse Schönheit, für mich wie für alle anderen, das Ziel? lebte ich in Schönheit?

Was mich selbst betrifft, ohne zu lügen und ohne die Wahrheit zu sagen – wie in jenem Moment, als ich gestern morgen am Kaffeetisch saß –, was mich betrifft, so habe ich immer ein Anführungszeichen links und das andere rechts von mir stehenlassen. Irgendwie war ›als wäre nicht ich es‹ umfassender als ›als wäre ich es‹ – ein inexistentes Leben hatte vollkommen von mir Besitz ergriffen und beschäftigte mich wie eine Erfindung. Nur auf dem Foto zeigte sich nach der Entwicklung des Negativs etwas, das, obwohl für mich unerreichbar, vom Auge der Kamera aber festgehalten worden war: bei der Entwicklung des Negativs offenbarte sich auch meine Präsenz als Ektoplasma. Ist die Fotografie die Abbildung eines Hohlen, eines Mangels, einer Abwesenheit?

Während ich selbst nicht nur rein und korrekt, sondern auch eine hübsche Replik war. Denn all das ist es, was mich wahrscheinlich nachsichtig und hübsch macht. Der Blick eines erfahrenen Mannes reicht aus, um abzuschätzen, daß dies eine Frau voller Großzügigkeit und Anmut ist, die keine Arbeit macht und einen Mann nicht zermürbt: eine Frau, die lächelt und lacht. Ich achte die fremde Lust, und höflich verspeise ich die meine, während die Langeweile mich nährt und mich höflich verspeist, die süße Langeweile eines Honigmondes.

Dieses Bild von mir in Anführungszeichen erfüllte mich mit tiefer Befriedigung. Ich war das Abbild dessen, was ich nicht war, und dieses Abbild des Nicht-Seins vervollständigte mich: negativ zu sein, ist eine der intensivsten Daseinsformen. Da ich nicht wußte, was Sein war, bedeutete ›Nicht-Sein‹ meine größtmögliche Annäherung an die Wahrheit: wenigstens hatte ich die Kehrseite: ich hatte wenigstens das ›nicht‹, ich hatte mein Gegenteil. Da ich mein Glück nicht kannte, gab ich mich mit einer gewissen Inbrunst meinem ›Unglück‹ hin.

Und indem ich mein ›Unglück‹ lebte, erlebte ich die Kehrseite dessen, was ich nicht einmal anzustreben oder zu wagen vermochte. So wie jemand, der hingebungsvoll ein ausgesprochen ›liederliches‹ Leben führt und so wenigstens das Gegenteil dessen hat, was er weder kennt noch kann oder will: zu leben wie eine

Nonne. Erst jetzt weiß ich, daß ich bereits alles besaß, wenn auch im entgegengesetzten Sinn: ich widmete mich einem jeden Detail der Verneinung. Indem ich stets im einzelnen nicht war, bewies ich mir, daß – daß ich war.

Diese Art, nicht zu sein, war so viel angenehmer, so viel reiner: denn, ganz ohne Ironie, ich bin eine Frau von Geist. Und ich habe einen geistreichen Körper. So wie ich am Kaffeetisch saß, mit meinem weißen Morgenrock, einem reinen, gutgeschnittenen Gesicht und einem schlichten Körper, wirkte ich wie ein Bild in einem Rahmen. Ich strahlte diese Art von Güte aus, die von der Nachsicht gegenüber den eigenen und den Lüsten der anderen herrührt. Höflich aß ich das meine, und höflich wischte ich mir den Mund mit der Serviette ab.

Diese Sie, G. H. im Leder der Koffer, war ich; bin ich – bin ich es noch? Nein. Schon jetzt weiß ich, daß das Schlimmste, was meiner Eitelkeit widerfahren kann, die Beurteilung meiner Person sein wird: ich werde ganz so aussehen wie jemand, der gescheitert ist, und nur ich werde wissen, ob es das notwendige Scheitern war.

Nur ich werde wissen, ob es das notwendige Scheitern war.

Ich, diese Frau, stand endlich vom Kaffeetisch auf. An diesem Tag kein Dienstmädchen zu haben, verhalf mir zu einer Beschäftigung, die genau das war, was ich mir wünschte: aufzuräumen. Ich habe schon immer gern aufgeräumt. Ich vermute, daß dies meine einzig wahre Berufung ist. Während ich die Dinge ordne, entwerfe und begreife ich sie zugleich. Aber da ich mein Geld einigermaßen sinnvoll angelegt hatte, war ich so reich geworden, daß dies mich daran hinderte, dieser meiner Berufung nachzugehen: gehörte ich aufgrund meines Geldes und meiner Kultur nicht der Klasse an, der ich tatsächlich angehöre, hätte ich sicherlich die Beschäftigung eines Zimmermädchens in einem großen Haus reicher Leute angenommen, wo es immer viel aufzuräumen gibt. Aufzuräumen bedeutet, die bessere Form zu finden. Wäre ich das Mädchen geworden, das aufräumt, so hätte ich nicht einmal die amateurhafte Bildhauerei gebraucht; hätte ich mit meinen Händen ausgiebig Ordnung schaffen können. Die Form in eine Ordnung bringen?

Die stets verbotene Lust, ein Haus in Ordnung zu bringen, war für mich so groß, daß ich, noch während ich am Tisch saß, schon beim bloßen Planen Lust bekam. Ich hatte einen Blick in die Runde geworfen: wo sollte ich anfangen?

Und auch damit ich danach, in der siebten Stunde wie am siebten Tag, Zeit hätte, um mich zu erholen und den Rest des Tages ruhig zu verbringen. Eine Ruhe, die fast ohne Freude wäre, brächte mir Ausgeglichenheit: in den Stunden der Bildhauerei hatte ich diese nahezu freudlose Ruhe kennengelernt. In der vergangenen Woche hatte ich mich viel zu sehr vergnügt, hatte zu viele Besuche gemacht, hatte von allem, was ich wollte, zuviel gehabt, und deshalb wünschte ich mir diesen Tag jetzt genau so, wie er sich ankündigte: schwer und gut und leer. Diesen Tag würde ich so lange wie möglich ausdehnen.

Vielleicht würde ich mit dem Aufräumen am Ende der Wohnung beginnen: das Zimmer des Dienstmädchens war sicher ungeheuer dreckig in seiner doppelten Funktion als Schlafstelle und als Abstellraum für Lumpen, Koffer, alte Zeitungen, Packpapier und unnütze Bindfäden. Ich würde es saubermachen und für das neue Dienstmädchen vorbereiten. Dann würde ich mich allmählich vom Ende der Wohnung horizontal zur entgegengesetzten Seite hin ›emporarbeiten‹, zum ›living‹, wo ich – als wäre ich selbst der Abschluß der Arbeit und des Vormittags – auf dem Sofa liegend die Zeitung lesen und wahrscheinlich einschlafen würde. Falls nicht das Telefon klingelte.

Ich dachte nach und beschloß, den Hörer daneben zu legen, denn so konnte ich sicher sein, nicht gestört zu werden.

Wie soll ich nun sagen, daß ich zu diesem Zeitpunkt bereits zu sehen begonnen hatte, was sich erst später offenbaren würde? Ohne es zu wissen, war ich bereits im Vorraum des Zimmers. Ich hatte schon zu sehen begonnen, und wußte es nicht; ich habe immer gesehen, seit ich auf der Welt bin, und wußte es nicht, ich wußte es wirklich nicht.

Gib mir deine unbekannte Hand, denn das Leben schmerzt mich, und ich weiß nicht, wie ich reden soll – die Wirklichkeit ist so zart wie ein Hauch, nur die Wirklichkeit ist so zart, meine Unwirklichkeit und meine Einbildungskraft wiegen viel schwerer.

Fest entschlossen, mit dem Aufräumen im Zimmer des Dienstmädchens zu beginnen, ging ich durch die Küche, die zu den anderen Wirtschaftsräumen führt. Hinter der Waschküche, die ähnlich wie eine Loggia zum Innenhof offen ist, fängt der Flur an, der zu dem Zimmer führt. Vorher aber lehnte ich mich an die Brüstung, um meine Zigarette noch zu Ende zu rauchen.

Ich schaute nach unten: dreizehn Stockwerke fielen in die Tiefe. Ich wußte nicht, daß all das bereits zusammenhing mit dem, was geschehen würde. Wahrscheinlich hatte die Bewegung schon tausendmal vorher begonnen und sich dann verloren. Diesmal würde die Bewegung zu Ende geführt werden, und ich ahnte nichts davon.

Ich betrachtete den Innenhof, die Rückseite der Wohnungen, von wo aus auch meine Wohnung sich von ihrer Rückseite zeigte. Von außen war das Haus, in dem ich wohne, weiß und glatt wie Marmor, glatt an der Oberfläche. Von innen aber war der Hof ein unregelmäßiges Durcheinander von Winkeln, Fenstern, Wäscheleinen – schwarz vom Regen, mit Fenstern, die die Zähne fletschten, Mäulern, die sich anstarrten. Der Bauch meines Hauses war wie eine Fabrik. Die Miniaturausgabe eines großartigen Panoramas von Schluchten und Cañons: dort stand ich und rauchte und, als stünde ich auf dem Gipfel eines Berges, betrachtete ich die Aussicht – wahrscheinlich mit demselben ausdruckslosen Blick wie der auf meinen Fotos.

Ich sah, was all das sagte: es sagte nichts. Aufmerksam nahm ich dieses Nichts auf, ich nahm es auf mit dem, was es in meinen Augen auf den Fotos zu sehen gab; erst jetzt weiß ich, daß ich, wie schon so oft zuvor, das stumme Signal empfing. Ich sah das Innere des Hofes. Alles war von einem unbeseelten Reichtum, der an den Reichtum der Natur erinnerte: auch hier könnte man nach Uran suchen, und dort drüben könnte Öl gewonnen werden.

Ich sah etwas, was erst später einen Sinn ergeben sollte – vielmehr, einen tiefen Mangel an Sinn. Erst später sollte ich verstehen: was als Mangel an Sinn erscheint – ist der Sinn selbst. Jedweder ›Mangel an Sinn‹ ist die klare und erschreckende Gewißheit, daß der Sinn da ist, ich ihn aber weder begreife noch begreifen will, denn mir sind keinerlei Sicherheiten gegeben. Der Mangel an Sinn sollte mich erst später aufschrecken. Ob das Bewußtsein über den Mangel an Sinn immer meine negative Art war, den Sinn zu fühlen? So wird es für mich wohl gewesen sein.

Was ich sah in jenem ungeheuren Maschineninneren, das der Innenhof meines Hauses war, was ich sah, waren fertige Dinge, ausgesprochen praktische und für den Gebrauch bestimmte Dinge.

Aber etwas von der schrecklichen allgemeinen Natur – die ich später auch in mir entdecken würde – etwas von der schicksalhaften Natur war notwendigerweise hervorgegangen aus den Händen Hunderter von Arbeitern, die Wasser- und Abflußrohre eingebaut hatten, ohne im geringsten zu wissen, daß sie jene ägyptische Ruine errichteten, auf die ich jetzt den Blick meiner Strandfotos richtete. Erst später würde ich erfahren, daß ich gesehen hatte; erst später, als ich das Geheimnis sah, erkannte ich, daß ich es schon vorher gesehen hatte.

Ich warf die brennende Zigarette in die Tiefe und trat einen Schritt zurück, in der Hoffnung, keiner der Nachbarn habe es gesehen, denn dergleichen war vom Portier des Hauses untersagt. Dann schob ich vorsichtig den Kopf vor und schaute hinunter: ich konnte nicht einmal raten, wohin die Zigarette gefallen war. Die Tiefe hatte sie schweigend verschluckt. Dachte ich an etwas, als ich dort stand? Zumindest dachte ich an nichts. Oder vielleicht an die Möglichkeit, von einem Nachbarn gesehen worden zu sein, als ich die verbotene Tat beging, die vor allem nicht zu der wohlerzogenen Frau, die ich bin, paßte, und darüber lächelte ich.

Dann begab ich mich in den dunklen Flur, der hinter der Waschküche liegt.

Dann begab ich mich in den dunklen Flur, der hinter der Waschküche liegt.

Im Flur, der das Ende der Wohnung bildet, gibt es zwei einander gegenüberliegende Türen, die im Dunkeln nicht zu unterscheiden sind: die des Hinterausgangs und die des Dienstbotenzimmers. Der ›bas-fond‹ meiner Wohnung. Ich öffnete die Tür zu dem Zeitungshaufen und zur Schwärze des Schmutzes und Gerümpels.

Aber beim Öffnen der Tür verengten sich meine Augen schlagartig, vor körperlichem Unbehagen prallte ich zurück.

Denn anstatt auf das wirre Halbdunkel, das ich erwartet hatte, stieß mein Blick auf ein Zimmer, das ein Geviert weißen Lichts war; schutzsuchend kniff ich die Augen zusammen.

Seit etwa sechs Monaten – der Zeit, die jenes Dienstmädchen bei mir gewesen war – hatte ich das Zimmer nicht betreten, und meine Verblüffung kam daher, es vollkommen sauber vorzufinden.

Ich hatte erwartet, lauter dunkle Ecken vorzufinden, ich hatte mich darauf vorbereitet, das Fenster sperrangelweit aufreißen zu müssen und das muffige Dunkel mit frischer Luft zu vertreiben. Daß das Dienstmädchen, ohne mir etwas zu sagen, das Zimmer nach eigenem Gutdünken einrichten und es mit der Selbstverständlichkeit eines Eigentümers seiner Funktion als Abstellkammer berauben würde – damit hatte ich nicht gerechnet.

Von der Tür aus blickte ich jetzt auf ein Zimmer, das eine ruhige und leere Ordnung besaß. In meiner angenehm kühlen und gemütlichen Wohnung hatte das Mädchen, ohne mir Bescheid zu sagen, eine trockene Leere aufgetan. Nun gab es da einen vollkommen reinen und vibrierenden Raum, wie in einem Irrenhaus, wo die gefährlichen Gegenstände entfernt werden.

Nunmehr konzentrierte sich hier, durch die so entstandene Leere, die Rückstrahlung der Dachziegel, der Betonterrassen, der emporragenden Antennen aller Nachbargebäude und der Widerschein von Tausenden von Wohnungsfenstern. Das Zimmer schien auf einer unvergleichlich höheren Ebene zu liegen als die Wohnung selbst.

Wie ein Minarett. So gewann ich zuerst den Eindruck eines Minaretts, freischwebend über einer grenzenlosen Weite. Vorerst nahm ich von diesem Eindruck jedoch nur das körperliche Unbehagen wahr.

Das Zimmer war kein regelmäßiges Viereck: zwei seiner Winkel waren leicht abgerundet. Und obwohl dies seine materielle Realität war, kam es mir so vor, als ob es mein Blick wäre, der es verformte. Es schien die Darstellung eines Vierecks auf dem Papier zu sein, so wie ich es sah: bereits in seiner Perspektive verformt. Die Konsolidierung einer fehlerhaften Sehweise, die Konkretisierung einer optischen Täuschung. Daß es nicht völlig regelmäßig in seinen Winkeln war, gab ihm den Anschein, von Grund aus zerbrechlich zu sein, als wäre das Minarett-Zimmer weder in die Wohnung noch in das Haus eingefügt.

Von der Tür aus sah ich die unbewegliche Sonne, die mit einer scharfen schwarzen Schattenlinie das Dach in der Mitte und den Boden zu einem Drittel zerschnitt. Sechs Monate lang hatte eine stete Sonne den Kleiderschrank aus Pinienholz verformt und die getünchten Wände zu einem noch reineren Weiß gebleicht.

Und auf einer dieser Wände entdeckte ich, als ich überrascht einen Schritt zurückwich, die unerwartete Zeichnung.

Auf der getünchten Wand, direkt neben der Tür – und darum hatte ich vorher noch nichts gesehen – befand sich nahezu in natürlicher Größe der mit Kohle gezeichnete Umriß eines nackten Mannes, einer nackten Frau und eines Hundes, der noch nackter als ein Hund war. An den Körpern fehlte das, was die Nacktheit enthüllte, die Nacktheit rührte nur vom Fehlen all dessen her, was sie verhüllte: es waren die Umrisse einer leeren Nacktheit. Die Linien, mit einem abgebrochenen Kohlestift gezeichnet, waren grob. An einigen Stellen waren sie doppelt, als wäre eine Linie das Zittern der anderen. Ein trockenes Zittern trockener Kohle.

Die Strenge der Linien fixierte die übertriebenen und albernen Figuren auf die Wand, als wären es drei Automaten. Selbst der Hund hatte die sanfte Verrücktheit dessen, was sich nicht aus eigener Kraft fortbewegt. Die schlechte Ausführung der allzu starren Linien machte den Hund zu etwas Hartem und Versteinertem, mehr in sich selbst als in die Wand eingefügt.

Als die erste Überraschung, in meinem eigenen Haus eine verborgene Wandzeichnung zu entdecken, verflogen war, betrachtete ich, diesmal mit belustigtem Staunen, die einzelnen Figuren auf der Wand etwas genauer. Die groben Füße kamen nicht mit der Bodenlinie in Berührung, die kleinen Köpfe stießen nicht an die

Decke – was zusammen mit der stumpfen Starrheit der Linien die drei voneinander losgelösten Figuren wie drei Mumien erscheinen ließ. Je mehr mich die harte Unbeweglichkeit der Figuren irritierte, desto mehr festigte sich meine Vorstellung von Mumien. Sie tauchten auf, als wären sie eine Ausschwitzung aus dem Inneren der Wand, langsam aus der Tiefe kommend, bis sie die Oberfläche des rauhen Kalks durchgeschwitzt hätten.

Keine der drei Figuren hatte Verbindung zur anderen, sie bildeten keine Gruppe: jede Figur sah nach vorn, als hätte sie nie zur Seite geschaut, als hätte sie niemals die anderen gesehen und wüßte nicht, daß es neben ihr noch jemanden gab.

Ich lächelte gezwungen, ich machte den Versuch, zu lächeln: jede einzelne Figur dort an der Wand verhielt sich genau so wie ich, die ich ratlos an der Tür stehen geblieben war. Die Zeichnung war kein Ornament: sie war eine Schrift.

Die Erinnerung an mein ehemaliges Dienstmädchen bedrückte mich. Ich wollte mich an ihr Gesicht erinnern und brachte es zu meiner Verwunderung nicht fertig – sie hatte es endgültig erreicht, mich aus meinem eigenen Haus zu vertreiben, so als hätte sie die Tür verriegelt und mich von meiner Wohnung weit entfernt. Die Erinnerung an ihr Gesicht entglitt mir, es mußte sich um eine vorübergehende Vergeßlichkeit handeln.

Aber ihr Name – natürlich, aber natürlich, endlich erinnerte ich mich: Janair. Und während ich die hieratische Zeichnung betrachtete, kam mir plötzlich der Gedanke, daß Janair mich gehaßt hatte. Ich betrachtete die Figuren von Mann und Frau, die ihre kräftigen Handflächen weitgeöffnet zur Schau stellten und aussahen, als hätte Janair sie dort als eine krude Botschaft hinterlassen, die mir in dem Augenblick, in dem ich die Tür öffnete, übermittelt werden sollte.

Mein Unbehagen war irgendwie belustigend: denn noch nie zuvor war mir in den Sinn gekommen, daß die Stummheit Janairs eine Verurteilung meines Lebens bedeutet haben könnte, das sie durch ihr Schweigen wahrscheinlich ›ein Leben, in dem es vor Männern wimmelte‹ genannt hatte? wie hatte sie mich beurteilt?

Ich betrachtete die Wandzeichnung, die wahrscheinlich mich darstellen sollte ... Ich, daneben der Mann. Und was den Hund betraf – sollte das etwa der Beiname sein, den sie mir gab? Jahrelang war ich nur von meinen Gefährten und von meiner engeren Umgebung beurteilt worden, beide im Grunde von mir selbst und für mich selbst gestaltet. Janair war der erste wirklich außenstehende Mensch, dessen Blick ich bewußt wahrzunehmen begann.

Plötzlich, diesmal mit einem wirklichen Unbehagen, gewahrte ich endlich das, was ich mir sechs Monate lang aus Nachlässigkeit und Desinteresse untersagt hatte: den schweigenden Haß dieser Frau. Was mich erschreckte, war, daß es sich um eine Art von leidenschaftslosem Haß handelte, um den schlimmsten Haß: den gleichgültigen. Nicht um einen Haß, der mich als Person meinte, sondern nur um einen Mangel an Mitleid. Nein, es reichte nicht einmal zum Haß.

In diesem Augenblick gelang es mir wider Erwarten, mich an ihr Gesicht zu erinnern, aber natürlich, wie hatte ich es nur vergessen können? Nun sah ich das schwarze, stille Gesicht wieder vor mir, sah die völlig undurchsichtige Haut, die eher eine Form ihrer Stummheit schien, sah die extrem scharf gezeichneten Augenbrauen, sah wieder die feinen und zarten Züge vor mir, die in der dumpfen Schwärze der Haut kaum zu erkennen waren.

Diese Züge – mißmutig gestand ich es mir ein – waren die Züge einer Königin. Und die Haltung auch: den Körper aufrecht, schlank, fest, glatt, fast fleischlos, ohne Busen und ohne Hüften. Und ihre Kleidung? Es überraschte nicht, daß ich ihre Dienste in Anspruch genommen hatte, als wäre sie gar nicht anwesend: unter der kleinen Schürze trug sie immer Tiefbraun oder Schwarz, was sie gänzlich dunkel und unsichtbar machte – ich schauderte bei dem Gedanken, daß ich bis heute nicht begriffen hatte, daß diese Frau eine Unsichtbare war. Janair war kaum mehr als äußere Form, die Züge in dieser Form waren so verfeinert, daß sie kaum da waren: sie war flach wie ein Basrelief, festgehalten auf einem Brett.

Ob sie wohl, weil sie so war, zwangsläufig auch mich so gesehen hatte? daß sie bei meinem auf die Wand gezeichneten Körper alles Wesentliche wegließ und auch von mir nur den Umriß sah? Gleichwohl erinnerte mich die Figur an der Wand erstaunlicherweise an jemanden, der ich selbst war. Beherrscht von Janairs Anwesenheit, die sie in einem Zimmer meines Hauses zurückgelassen hatte, begriff ich, daß die drei eckigen ›Zumbis‹ in der Tat mein Eintreten verzögert hatten, so als wäre das Zimmer noch bewohnt.

Unschlüssig stand ich in der Tür.

Wohl auch darum, weil die unerwartete Einfachheit des Zimmers mich verwirrte: in Wahrheit wußte ich weder, wo ich mit dem Aufräumen beginnen sollte, noch, ob es überhaupt etwas aufzuräumen gab.

Mutlos betrachtete ich die Nacktheit des Minaretts:

Auf dem Bett, von dem das Laken abgezogen worden war, war der staubige Bezug der Matratze zu sehen, mit großen verblichenen Flecken wie von Schweiß oder wäßrigem Blut, alte vergilbte Flekken. Hier und da durchbohrte ein Roßhaar den Stoff, der vor lauter Trockenheit völlig brüchig war, und ragte aufrecht in die Höhe.

An einer Wand stapelten sich drei kleine alte Koffer in einer solch vollkommenen, symmetrischen Ordnung, daß sie mir gar nicht aufgefallen waren, denn sie beeinträchtigten nicht im geringsten die Leere des Zimmers. Auf den Koffern und auf einem der fast verblichenen ›G. H.‹s hatte sich eine dicke, ruhende Staubschicht gebildet.

Außerdem gab es noch den schmalen Kleiderschrank: er hatte nur eine Tür und war so hoch wie ein Mensch, der meine Größe besaß. Im Holz, das fortwährend von der Sonne ausgetrocknet worden war, öffneten sich Spalten und Risse. Dann hatte diese Janair also nie das Fenster geschlossen? Sie hatte den Ausblick von der ›Penthouse-Wohnung‹ besser als ich genutzt.

Das Zimmer unterschied sich so sehr von der übrigen Wohnung, daß ich beim Eintreten das Gefühl hatte, diese vorher verlassen und an die Tür geklopft zu haben. Das Zimmer war das Gegenteil dessen, was ich in meinem Hause geschaffen hatte, das Gegenteil der sanften Schönheit, Ergebnis meines Talents, zu gestalten und zu leben, das Gegenteil meiner sanften, erhabenen Ironie: es war eine Vergewaltigung meiner Anführungszeichen, dieser Anführungszeichen, die aus mir ein Zitat meiner selbst machten. Das Zimmer war das Abbild eines leeren Magens.

Und nichts dort war von mir selbst gemacht worden. Im übrigen Haus filterte sich jeder einzelne Sonnenstrahl milde von außen nach innen, Ergebnis des Zusammenspiels von schweren und leichten Gardinen. Aber hier schien die Sonne nicht von draußen nach drinnen zu kommen: hier war der eigentliche Ort der Sonne, starr und unbeweglich in der Härte ihres Lichts, als ob das Zimmer nicht einmal nachts die Lider schließen würde. Alles hier war wie abgetrennte Nervenstränge, deren Enden zu Draht erstarrt waren. Ich war darauf vorbereitet gewesen, schmutzige Sachen zu säubern, aber mit dieser Leere umzugehen, brachte mich aus dem Gleichgewicht.

Da merkte ich, daß ich gereizt war. Das Zimmer verursachte mir körperliches Unbehagen, als läge noch immer der kratzende Laut der trockenen Kohle auf dem trockenen Kalk in der Luft. Das unhörbare Geräusch des Zimmers war wie das einer Nadel auf einer kreisenden Schallplatte, wenn die Musik schon zu Ende ist. Ein neutrales dingliches Knistern, das war die Substanz seines Schweigens. Kohle und Fingernagel sich vereinend, Kohle und Fingernagel, die gleichmütige, entschlossene Wut jener Frau, die die Gesandte eines Schweigens war, als vertrete sie ein fremdes Land, diese afrikanische Königin. Die sich hier in meinem Haus eingenistet hatte, sie, die Fremde, die teilnahmslose Feindin.

Ich fragte mich, ob Janair mich wirklich gehaßt hatte – oder ob ich es war, die sie – ohne sie auch nur eines Blickes zu würdigen – gehaßt hatte. Ebenso wie ich jetzt gereizt entdeckte, daß das Zimmer mich nicht nur irritierte, nein, ich haßte diesen engen Raum regelrecht, der nur Oberflächen hatte: sein Inneres war verdörrt. Angeekelt und niedergeschlagen blickte ich mich um.

Bis ich Mut faßte und mich zu einem Gewaltakt aufraffte: das alles mußte unbedingt heute noch geändert werden.

Als erstes würde ich die wenigen Dinge hinaus auf den Flur schleppen. Und dann würde ich einen Eimer Wasser nach dem anderen in das leere Zimmer kippen, damit die ausgetrocknete Luft zu trinken bekäme und schließlich der Staub zu Schlamm würde und Feuchtigkeit aus dieser Wüste emporquellte und das Minarett zerstörte, das sich stolz über einem Horizont von Dächern erhob. Danach würde ich so lange Wasser in den Kleiderschrank schütten, bis er überliefe und gluckernd ertränke – und dann würde ich endlich zusehen, wie das Holz zu faulen begann. Eine unerklärliche, hemmungslose Wut hatte mich ergriffen: da war etwas, das ich töten wollte.

Und danach, danach würde ich diese trockene Matratze aus Stroh mit einem weichen, frischen, kühlen Leintuch bespannen, mit einem meiner eigenen Tücher, die meine gestickten Initialen trugen, und damit das ersetzen, welches Janair wahrscheinlich in den Waschtrog geworfen hatte.

Aber vorher würde ich die körnige Trockenheit der Kohle von der Wand abkratzen, mit dem Messer den Hund herauslösen, die weitgeöffneten Handflächen des Mannes abwischen und den im Verhältnis zum Körper viel zu kleinen Kopf jener großen nackten Frau zerstören. Wasser, Unmengen Wasser würde ich ausschütten, das in Strömen an den abgeschabten Wandflächen herunterliefe.

Ich atmete vor Erleichterung auf, als sähe ich bereits das fertige Bild des Zimmers vor mir, nachdem ich es in meines verwandelt und mich in ihm verwirklicht hätte.

Also ging ich hinein.

Wie es anders erklären, als daß bereits im Gange war, was ich nicht verstehe. Was wollte diese Frau, die ich bin? was geschah dieser G. H. im Leder des Koffers?

Nichts, gar nichts, nur, daß meine Nerven jetzt angespannt waren – meine Nerven, die vorher ruhig waren – oder waren sie nur beruhigt worden? war mein Schweigen ein Schweigen gewesen oder eine hohe Stimme, die nicht zu hören ist?

Wie soll ich es dir erklären: unversehens fiel jene ganze Welt, die ich war, vor Müdigkeit in sich zusammen, ich brach unter der Last – welcher Last? – zusammen und verspürte eine Spannung, ohne zu wissen, daß ich sie schon immer gespürt hatte. Ohne daß ich es wußte, gab es in mir zu diesem Zeitpunkt also bereits die ersten Anzeichen des Zusammenbruchs unterirdischer Kalkhöhlen, die unter dem Gewicht archäologischer Schichten und Ablagerungen einstürzten – und die Wucht des ersten Einsturzes bog meine Mundwinkel nach unten, mit hängenden Armen stand ich da. Was geschah mir? Ich werde es nie verstehen können, aber es muß jemanden geben, der es versteht. Und diesen Jemand, der es verstehen wird, muß ich in mir selbst erschaffen.

Denn obwohl ich das Zimmer bereits betreten hatte, war mir, als wäre ich in das Nichts eingetreten. Selbst drinnen blieb ich in gewisser Weise draußen. So als hätte es nicht genügend Tiefe, damit ich hineinpaßte, und Teile von mir müßten im Flur zurückbleiben, die stärkste Zurückweisung, die mir je zuteil geworden war: ich paßte nicht hinein.

Gleichzeitig sah ich die tiefhängende gekalkte Decke, und vor lauter Begrenzung und Einschränkung fühlte ich mich schier dem Ersticken nahe. Und ich sehnte mich schon nach meinem Haus. Ich zwang mich, mich zu erinnern, daß auch dieses Zimmer sich in meinem Besitz und in meinem Haus befand, denn ohne dieses zu verlassen, ohne hinab- oder hinaufzusteigen, war ich in das Zimmer gelangt. Es sei denn, es wäre möglich gewesen, aus einer Horizontallage in einen Brunnen zu fallen, so als hätte jemand das

Gebäude leicht geneigt und ich wäre von Tür zu Tür bis zu dieser höchsten hinuntergeglitten.

Im Inneren des Zimmers, in einem Netz von Leerheiten verfangen, vergaß ich wieder den Plan, den ich entworfen hatte, und ich wußte nicht genau, wo ich mit dem Aufräumen beginnen sollte. Das Zimmer hatte weder einen Punkt, den man seinen Anfang nennen, noch einen Punkt, den man als sein Ende betrachten konnte. Es war von einer Gleichförmigkeit, die seine Grenzen auflöste.

Ich ließ die Augen über den Kleiderschrank schweifen und blickte nach oben zu einem Riß in der Decke, während ich versuchte, dieser enormen Leere besser Herr zu werden. Etwas wagemutiger, wenn auch ohne jegliche Vertrautheit, fuhr ich mit den Fingern über die rauhe Matratze.

Da kam mir eine Idee, die mir erneut Mut machte: nachdem ich den Kleiderschrank ausgiebig mit Wasser gespeist und seine Fasern gut durchtränkt hätte, würde ich ihn mit Wachs einreiben, damit er Glanz bekäme, auch innen würde ich Wachs auftragen, denn das Innere war sicher noch viel trockener.

Ich öffnete die schmale Schranktür ein wenig, und das Dunkel im Inneren entwich wie ein Hauch. Ich versuchte, sie etwas weiter zu öffnen, was jedoch nicht gelang, da die Tür am Fußende des Bettes anstieß. In den offenen Spalt schob ich so viel von meinem Gesicht, wie hineinpaßte. Und da das Dunkel im Inneren mich belauerte, verharrten wir einen Augenblick, wobei wir uns gegenseitig belauerten, ohne uns zu sehen. Ich sah gar nichts, konnte nur einen heißen, trockenen Geruch wie den eines lebenden Huhns spüren. Nachdem ich das Bett aber näher ans Fenster geschoben hatte, gelang es mir, die Tür ein paar Zentimeter weiter zu öffnen.

Da, noch bevor ich es verstand, wurde mein Herz weiß, wie Haare, die weiß werden.

Da, noch bevor ich es verstand, wurde mein Herz weiß, wie Haare, die weiß werden.

Direkt auf mein Gesicht zu, das ich in die Öffnung gezwängt hatte, ganz nah vor meinen Augen, im Halbdunkel, hatte sich die fette Schabe bewegt. Mein Schrei war so erstickt, daß ich nur durch den Kontrast des Schweigens begriff, daß ich gar nicht geschrien hatte. Der peitschende Schrei war mir im Hals steckengeblieben.

Nicht doch, es ist ja gar nichts passiert – versuchte ich sofort mich angesichts meines Schreckens zu beruhigen. Ich hatte nur nicht erwartet, daß in einem Haus, das gegen meinen Ekel vor Schaben so gründlich desinfiziert worden war, dieses Zimmer eine Ausnahme bildete. Nein, es war nichts passiert. Es war eine Schabe, die sich langsam auf den Spalt zubewegte.

Nach ihrer Behäbigkeit und ihrem Umfang zu urteilen, mußte es eine sehr alte Schabe sein. In meinem archaischen Grauen vor Schaben hatte ich gelernt, ihr Alter und ihre Gefährlichkeit selbst aus der Entfernung abzuschätzen; auch ohne jemals eine Schabe genau betrachtet zu haben, wußte ich um die Bedingungen ihres Daseins.

Nur daß der Umstand, plötzliches Leben in der Kahlheit des Zimmers zu entdecken, mich so erschreckt hatte, als hätte ich entdeckt, daß dieses tote Zimmer in Wahrheit fruchtbar wäre. Alles an diesem Ort war vertrocknet – aber eine Schabe war übriggeblieben. Eine Schabe, so alt, daß sie unvordenklich war. Was mich an Schaben immer abgestoßen hatte, war, daß sie uralt und gegenwärtig zugleich waren. Zu wissen, daß sie in ihrer heutigen Form bereits auf der Erde waren, noch bevor es die ersten Dinosaurier gab, zu wissen, daß der erste Mensch, der entstanden war, sie schon zuhauf und lebendig umherkriechend vorgefunden hatte, zu wissen, daß sie die Entstehung der riesigen Öl- und Kohlevorkommen der Welt bezeugen konnten und daß sie während des großen Vorrückens der Gletscher ebenso zugegen waren wie bei deren Zurückweichen – der gewaltlose Widerstand. Ich wußte, daß Schaben mehr als einen Monat ohne Nahrung oder Wasser auskommen konnten. Und daß sie sogar aus Holz einen verwertbaren Nährstoff machen konnten. Und daß sie sogar dann, wenn man auf sie trat, sich langsam wieder aufrichteten und weiterliefen. Selbst wenn sie eingefroren wurden, setzten sie nach dem Auftauen ihren Weg fort... Seit dreihundertfünfzig Millionen Jahren pflanzten sie sich fort, ohne sich zu verändern. Als die Erde fast noch unbewohnt war, bevölkerten sie sie schon mit ihren langsamen Bewegungen.

Wie hier, in dem kahlen und versengten Zimmer, ein giftiger Tropfen: in einem reinen Reagenzglas ein Tropfen Materie.

Mißtrauisch betrachtete ich das Zimmer. Es gab also eine Schabe. Oder mehrere Schaben. Wo? hinter den Koffern vielleicht. Eine? zwei? wie viele? Hinter der bewegungslosen Stummheit der Koffer gab es vielleicht eine ganze Schabenfinsternis. Eine reglos über der anderen? Schichten von Schaben – die mich plötzlich an etwas erinnerten, das ich einst als Kind beim Hochheben der Matratze, auf der ich schlief, entdeckt hatte: die Schwärze von Hunderten und aber Hunderten von Wanzen, alle übereinandergehäuft.

Die Erinnerung an die Armut während meiner Kindheit, in der es Wanzen, Löcher im Dach, durch die es hineinregnete, Schaben und Ratten gab, war wie eine – meine – vorgeschichtliche Vergangenheit; ich hatte schon mit den ersten Tieren der Erde zusammengelebt.

Eine Schabe? viele Schaben? aber wie viele?!, fragte ich mich voller Wut. Ich ließ den Blick durch das kahle Zimmer schweifen. Kein Geräusch, kein Anzeichen: aber wie viele? Kein Geräusch, und unterdessen spürte ich sehr wohl einen deutlichen Widerhall: es war das Schweigen, das sich am Schweigen brach. Feindseligkeit hatte von mir Besitz ergriffen. Es ist nicht nur so, daß ich keine Schaben mag: ich will sie auch nicht. Außerdem sind sie ein riesiges Tier in Miniatur. Meine Feindseligkeit nahm zu.

Nicht ich hatte das Zimmer zurückgewiesen, wie ich es für einen Augenblick an der Tür vermutet hatte. Das Zimmer mit seiner verborgenen Schabe hatte mich zurückgewiesen. Am Anfang war ich durch den Anblick einer Nacktheit abgestoßen worden, der so überwältigend war wie die Vorstellung einer Luftspiegelung; aber es war nicht die Luftspiegelung einer Oase, der ich erlag, sondern die einer Wüste. Danach war ich von der unbarmherzigen Botschaft an der Wand wie gelähmt gewesen: die Figuren mit ihren weitgeöffneten Händen waren die sich ablösenden Wachen am Eingang einer Grabkammer. Und jetzt verstand ich, daß die

Schabe und Janair die wahren Bewohner dieses Zimmers waren.

Nein, ich würde nichts in Ordnung bringen – wenn es Schaben gab, dann nicht. Sollte doch das neue Dienstmädchen seinen ersten Arbeitstag diesem verstaubten, leeren Schrein widmen.

In der großen Hitze der Sonne überlief es mich eiskalt: ich beeilte mich, um dieser glühenden Kammer zu entkommen.

Die erste ängstliche Körperbewegung, die ich endlich zustande brachte, zeigte mir zu meiner Überraschung, daß ich Angst hatte. Und jagte mir kurz darauf eine noch größere Angst ein, denn als ich den Ausgang zu erreichen versuchte, stolperte ich zwischen dem Fußende des Bettes und dem Kleiderschrank. Die Vorstellung, in diesem Schweigezimmer zu stürzen, ließ mich in tiefem Ekel zusammenzucken – das Straucheln hatte meinen Fluchtversuch von vornherein vereitelt – war das etwa die Form, die ›sie‹, die von der Grabkammer, besaßen, um mich nicht mehr hinauszulassen? Sie hinderten mich daran, hinauszugehen, und das auf eine denkbar einfache Art: sie ließen mich völlig frei, denn sie wußten, daß ich nicht mehr hinausgehen könnte, ohne zu straucheln und zu fallen.

Nicht, daß ich gefangen war, aber ich war an diesen Ort gebunden. So sehr an diesen Ort gebunden, als hätten sie mich durch die einfache und einzige Geste dort festgehalten, mit dem Finger auf mich zu zeigen, auf mich und auf diesen Ort.

Ich war schon früher der Magie eines Ortes verfallen. Als Kind war mir einst unverhofft bewußt geworden, daß ich in einem Bett lag, das in einer Stadt stand, die sich auf der Erde befand, die wiederum im Weltall schwebte. So wie in der Kindheit hatte ich auch jetzt die deutliche Empfindung, ganz allein in einem Haus zu sein, das frei in die Luft ragte, ein Haus, in dem es unsichtbare Schaben gab.

Wenn ich früher die Anziehungskraft eines Ortes verspürte, vermittelte mir das ein Gefühl der Weite. Jetzt hatte ich mich an einen Ort gebunden, der mich einengte – mich so weit einengte, daß im Zimmer mein einziger Platz der zwischen dem Fußende des Bettes und der Schranktür war.

Nur, daß dieses Gefühl für den Ort mich diesmal glücklicherweise nicht nachts überfiel, wie in der Kindheit, denn es war am Vormittag, wahrscheinlich kurz nach zehn.

Und auf einmal schien mir die kommende elfte Morgenstunde eine Verkörperung des Terrors zu sein – so wie der Ort, war auch die Zeit greifbar geworden, ich wollte fliehen, in kopfloser Eile wie aus dem Inneren einer Uhr dem Zugriff der Zeit entrinnen.

Um aber aus der Ecke herauszukommen, in die ich mich durch die halbgeöffnete Schranktür selbst hineingedrängt hatte, würde ich zunächst die Tür schließen müssen, die mich gegen das Fußende des Bettes drückte: dort hatte ich keinen freien Durchgang, eingeschlossen von der Sonne, die mir jetzt auf den Nackenhaaren brannte, in einem heißen, trockenen Ofen, der sich zehn Uhr vormittags nannte.

Schnell fuhr meine Hand zur Tür des Kleiderschranks, um sie zu schließen und mir den Weg zu öffnen – aber sie zuckte wieder zurück.

Denn drinnen hatte sich die Schabe bewegt.

Ich verharrte reglos. Mein Atem war leicht, flach. Ich hatte jetzt das Gefühl, es gäbe kein Entrinnen mehr. Und obwohl es absurd war, wußte ich bereits, daß ich nur noch dann eine Chance hätte herauszukommen, wenn ich mich von Angesicht zu Angesicht dem Absurden stellte, das Unausweichliche akzeptierte. Ich wußte, daß ich die Gefahr, in der ich mich befand, auf mich nehmen mußte, auch wenn es Wahnsinn war, an eine Gefahr zu glauben, die ganz und gar inexistent war. Aber ich mußte an mich glauben – das ganze Leben lang war ich, wie auch alle andern, in Gefahr gewesen – aber jetzt trug ich, um entkommen zu können, die wahnwitzige Verantwortung dafür, es unweigerlich wissen zu müssen.

Noch verharrte ich in meiner Klausur zwischen der Schranktür und dem Fußende des Bettes und wagte es nicht, einen Fuß zu bewegen, aber ich hatte den Rücken nach hinten gebogen, als ob die Schabe mich, trotz ihrer extremen Langsamkeit, anspringen könnte – ich hatte schon Schaben gesehen, die plötzlich fliegen, die geflügelte Fauna.

Ich rührte mich nicht vom Fleck und rechnete wie verrückt. Ich war ganz und gar auf der Hut. In mir hatte sich ein Gefühl großer Erwartung und eine überraschende Resignation breitgemacht: denn in dieser aufmerksamen Erwartung erkannte ich all meine früheren Erwartungen wieder, ich erkannte die Aufmerksamkeit wieder, von der ich auch vorher gezehrt hatte, die Aufmerksamkeit, die mich niemals verläßt und die letzten Endes vielleicht das ist, was meinem Leben am nächsten ist – wer weiß, vielleicht war diese Aufmerksamkeit mein eigentliches Leben. Und auch die

Schabe: welches ist das einzige Gefühl einer Schabe? Die Aufmerksamkeit, zu leben, die untrennbar mit ihrem Körper verbunden ist. Alle Schichten, mit denen ich das von mir Untrennbare überlagerte, hatten wahrscheinlich niemals vermocht, diese Aufmerksamkeit zu unterdrücken, die mehr als eine Aufmerksamkeit dem Leben gegenüber bedeutete, die der eigentliche Prozeß des Lebens in mir war.

Da begann die Schabe aus der Tiefe aufzutauchen.

Da begann die Schabe aus der Tiefe aufzutauchen.

Zuerst das ankündigende Zittern der Antennen.

Dann kam hinter den trockenen Fühlern widerstrebend der Körper zum Vorschein. Bis die Schabe fast ganz im Licht der Schranköffnung aufgetaucht war.

Sie war grau, und sie zögerte, als hätte sie ein enormes Gewicht. Jetzt war sie fast ganz sichtbar.

Ich senkte rasch den Blick. Indem ich den Blick abwandte, verbarg ich vor der Schabe die Verschlagenheit, die mich ergriffen hatte – das Herz klopfte mir fast wie vor Freude. Denn unverhofft hatte ich gespürt, daß ich über einen Ausweg verfügte. Nie zuvor hatte ich meine Möglichkeiten in Anspruch genommen – und jetzt endlich verspürte ich, wie eine bislang verborgene Kraft in mir pochte und eine innere Größe mich einnahm: die des Mutes. So als hätte ausgerechnet die Angst mir schließlich Mut gemacht. Augenblicke zuvor hatte ich törichterweise geglaubt, daß meine Gefühle nur die von Zorn und Ekel seien, jetzt aber erkannte ich wieder – obwohl ich es zuvor noch nie erkannt hatte –, was geschehen war: endlich hatte ich die große Angst akzeptiert, eine Angst, die weit über mich hinausging.

Die große Angst nahm mich vollständig gefangen. In mich gekehrt, wie ein Blinder, die eigene Aufmerksamkeit abtastend, fühlte ich zum ersten Mal, daß ich völlig im Dienste eines Instinktes stand. Da schauderte mich vor höchstem Genuß, so als hätte ich endlich die Größe eines gemeinen Instinkts bemerkt, der allumfassend und unendlich süß war – so als hätte ich endlich, und zwar in mir selbst, eine Größe entdeckt, die größer war als ich. Zum ersten Mal berauschte ich mich an einem Haß wie an reinem Quellwasser, ich berauschte mich an der gerechtfertigten oder ungerechtfertigten Begierde zu töten.

Ein ganzes Leben im Bann der Bedachtsamkeit – seit fünfzehn Jahrhunderten hatte ich nicht gekämpft, seit fünfzehn Jahrhunderten hatte ich nicht getötet und war ich nicht gestorben – ein ganzes Leben im Bann der Bedachtsamkeit ballte sich jetzt in mir zusammen und schlug an wie eine stumme Glocke, deren Schwingungen ich nicht zu hören brauchte, um sie wiederzuerkennen. So als stünde ich endlich zum ersten Mal mit der Natur auf einer Stufe.

Eine gefügige Raubgier hatte mich ergriffen, und weil sie gefügig war, war sie übermächtig. Bis jetzt war ich niemals Herrin meiner Kräfte gewesen – dieser Kräfte, die ich weder verstand noch verstehen wollte, aber das Leben in mir hatte sie bewahrt, damit eines Tages endlich dieses Unbekannte, dieses Erfüllende und Unbewußte aufbegehrte, das endlich bedeutete: Ich! Ich, was auch immer das sein mochte.

Ohne jede Scham, erschüttert von meiner Hingabe an das Böse, ohne jede Scham, erschüttert und dankbar, war ich zum ersten Mal die Unbekannte, die ich war – nur daß die Unkenntnis meiner selbst mich jetzt nicht mehr behindern würde, die Wahrheit hatte mich bereits eingeholt: Ich hob die Hand wie zu einem Schwur, und mit einem einzigen Schlag stieß ich die Tür über dem halb aufgetauchten Körper der Schabe zu – – – – – – – – – – –

Gleichzeitig hatte ich die Augen geschlossen. Und so blieb ich stehen, zitternd am ganzen Körper. Was hatte ich getan?

Vielleicht wußte ich zu diesem Zeitpunkt schon, daß es mir nicht um das ging, was ich der Schabe angetan hatte, sondern um das: was hatte ich mir selbst angetan?

Denn in dieser kurzen Zeit, als ich mit geschlossenen Augen dastand, wurde ich mir meiner selbst bewußt, so wie man sich eines Geschmacks bewußt wird: ich schmeckte ganz nach Stahl und Grünspan, mein ganzer Körper hatte einen sauren Geschmack wie Metall auf der Zunge, wie zerdrückte grüne Pflanzen, mein eigener Geschmack stieg in mir hoch und breitete sich in meinem Mund aus. Was hatte ich mir angetan? Mit klopfendem Herzen und pulsierenden Schläfen hatte ich mir dies angetan: ich hatte getötet. Ich hatte getötet! Doch wieso dieser Jubel und darüber hinaus noch diese bedingungslose Bejahung des Jubels? Wie lange war ich denn schon zum Töten bereit gewesen?

Nein, darum ging es nicht. Die Frage war: Was hatte ich getötet?

War diese besonnene Frau, die ich stets gewesen war, vor Lust außer sich geraten? Immer noch mit geschlossenen Augen stand ich zitternd vor Freude da. Getötet zu haben – das war so viel größer als ich, das erreichte die Höhe dieses unbegrenzten Zimmers. Getötet zu haben, verwandelte den trockenen Sand des Zimmers in Feuchtigkeit, endlich, endlich, so als hätte ich mit harten, gierigen Fingern gegraben und gegraben, bis ich unter meiner Oberfläche auf eine trinkbare Lebensader gestoßen wäre, eine Ader des Todes. Langsam öffnete ich die Augen, nunmehr voller Sanftmut,

Dankbarkeit, Schüchternheit, beschämt über so viel Ruhm.

Als ich aus dieser endlich feucht gewordenen Welt an die Oberfläche kam, öffnete ich die Augen und fand das grelle, unbarmherzige Licht wieder vor, sah die Tür des Kleiderschranks, die jetzt geschlossen war.

Und ich sah die eine Körperhälfte der Schabe aus der Tür herausragen.

Nach vorne geworfen, hoch aufgerichtet, eine Karyatide.

Aber eine lebende Karyatide.

Ich begriff nicht gleich, sah nur verwundert hin. Erst allmählich verstand ich, was vorgegangen war: ich hatte die Tür nicht kräftig genug zugeschlagen. Wohl hatte ich die Schabe erfaßt, so daß sie nicht mehr vorwärts konnte. Aber ich hatte sie am Leben gelassen.

Sie war am Leben und sie sah mich an. Schnell wandte ich die Augen ab, in heftigem Widerwillen.

Es fehlte also noch ein letzter Schlag. Noch ein Schlag? Ich sah sie nicht an, aber ich wiederholte mir, daß ich noch einmal zuschlagen mußte – ich wiederholte es langsam, als ob jede Wiederholung dazu diente, den Schlägen meines Herzens einen Befehl zu erteilen, diesen Schlägen, die viel zu langsam aufeinanderfolgten, wie ein Schmerz, dessen Qualen ich nicht spürte.

Als es mir endlich gelang, mich zu erhören, mich zu beherrschen, hob ich die Hand in die Höhe, als würde mit dem Schlag meines Arms die Wucht meines ganzen Körpers gegen die Tür des Kleiderschranks prallen.

Da aber sah ich das Gesicht der Schabe.

Von Angesicht zu Angesicht, direkt vor meinen Augen. Einen Augenblick hielt ich mit hocherhobener Hand inne. Dann senkte ich sie allmählich.

Kurz zuvor wäre es mir vielleicht noch möglich gewesen, das Gesicht der Schabe nicht zu sehen.

Aber um den Bruchteil einer Sekunde war es zu spät: ich sah es. Meine Hand, die auf den Schlag verzichtet und sich gesenkt hatte, erhob sich langsam wieder bis in die Höhe des Magens: obwohl ich nicht von der Stelle gewichen war, schien doch mein Magen in den Körper zurückgewichen zu sein. Mein Mund war völlig ausgetrocknet, ich fuhr mit einer Zunge, die genauso trocken war, über meine rauhen Lippen.

Es war ein Gesicht ohne Konturen. Die Fühler standen wie Barthaare seitlich vom Mund ab. Der braune Mund wies eine klare Linie auf. Die feinen, langen Barthaare bewegten sich langsam und steif. Ihre schwarzen facettierten Augen schauten. Es war eine Schabe, alt wie ein fossiler Fisch. Es war eine Schabe, alt wie Salamander und Chimären und Greife und Leviathane. Sie war alt wie eine Legende. Ich sah ihren Mund an: da war er, der wahrhaftige Mund.

Ich hatte noch nie den Mund einer Schabe gesehen. Um die Wahrheit zu sagen – ich hatte in Wirklichkeit noch nie eine Schabe gesehen. Ich hatte nur Widerwillen gegen ihre alte und stets gegenwärtige Existenz verspürt – aber ich war ihr niemals gegenübergetreten, nicht einmal in Gedanken.

Und nun entdeckte ich, daß sie trotz ihres kompakten Körpers aus unzähligen dunklen Schalen bestand, die so fein geschichtet waren wie die einer Zwiebel, jede einzelne konnte man mit dem Fingernagel ablösen, und gleichwohl würde immer noch eine weitere darunter zum Vorschein kommen und noch eine. Vielleicht waren die Schalen die Flügel, aber dann mußte sie aus zahllosen feinen Schichten gepreßter Flügel bestehen, damit ein solch kompakter Körper entstand.

Sie war rötlich. Und ganz voller Zilien. Die Zilien waren vielleicht ihre unzähligen Beine. Die Fühler standen jetzt still, spröde und staubige Fädchen.

Schaben haben keine Nase. Ich sah sie an, wie sie mich mit diesem ihrem Mund und ihren Augen anschaute: sie sah aus wie eine todgeweihte Mulattin. Aber ihre Augen waren strahlend und schwarz. Die Augen einer Braut. Jedes Auge schien an sich eine Schabe zu sein. Ein umfranstes, dunkles, lebendiges und staubloses Auge. Und das andere ebenso. Zwei Schaben in einer Schabe, und jedes Auge das Spiegelbild der ganzen Schabe.

Jedes Auge das Spiegelbild der ganzen Schabe.

– Verzeih, daß ich dir das alles mitteile, Hand, die ich festhalte, aber ich will das nicht für mich! nimm diese Schabe, ich will nicht, was ich gesehen habe.

Da stand ich nun, verwirrt und verletzt – vor diesem verstaubten Wesen, das mich ansah. Nimm, was ich gesehen habe: denn was ich dort sah, was ich voller Schmerz, voller Verblüffung und voller Unschuld sah, war das Leben, das mich ansah.

Wie anders soll ich jenes Schreckliche und Rohe, Urstoff und trockenes Plasma nennen, das da war, während ich in ersticktem Ekel in mein Innerstes zurückwich; während ich Jahrhunderte um Jahrhunderte in Schlamm versank – ja, es war Schlamm, nicht einmal ausgetrockneter, sondern noch feuchter, noch lebender Schlamm, ein Schlamm, in dem sich unerträglich langsam die Wurzeln meiner Identität regten.

Hier nimm, nimm all das an dich, ich will kein lebendiger Mensch sein! ich ekle mich vor mir und bewundere mich, mich zähen, langsam hervorquellenden Schlamm.

Das war es – das war es also. Ich hatte die lebendige Schabe angesehen und in ihr die Übereinstimmung mit meinem tieferen Leben entdeckt. Durch die schwere Erschütterung taten sich in mir steinige und enge Passagen auf.

Ich sah sie an, die Schabe: ich haßte sie so sehr, daß ich mich auf ihre Seite stellte, solidarisch mit ihr, denn ich hätte es nicht ertragen können, mit meiner Aggression allein zu sein.

Plötzlich stöhnte ich laut auf, diesmal hörte ich mein Stöhnen. Wie Eiter quoll meine innerste Beschaffenheit aus mir hervor – und voller Schrecken und Ekel spürte ich, daß ›ich zu sein‹ von einer viel älteren Quelle als der menschlichen gespeist wurde und – mit Entsetzen stellte ich es fest – auch von einer viel umfassenderen als der menschlichen.

Langsam wie eine Tür aus Stein öffnete sich in mir, öffnete sich in mir das weite Leben des Schweigens, dasselbe, das in der stillen Sonne, dasselbe, das in der bewegungsunfähigen Schabe war. Das auch in mir dasselbe sein würde! wenn ich den Mut hätte, zu verzichten... auf meine Gefühle zu verzichten? Wenn ich den Mut hätte, auf die Hoffnung zu verzichten.

Auf welche Hoffnung? Zum ersten Mal wurde ich mir voller Erstaunen bewußt, daß ich immer die große Hoffnung gehegt hatte, dereinst genau das zu sein, was ich nicht war. Die Hoffnung – welch anderen Namen soll ich gebrauchen? –, die ich jetzt zum ersten Mal aus Mut und tödlicher Neugier aufgeben würde. Ob die Hoffnung in meinem früheren Leben sich wohl auf eine Wahrheit gestützt hatte? Nun bezweifelte ich es, verblüfft wie ein Kind.

Müßte ich, um zu erfahren, was ich in Wirklichkeit erhoffen konnte, zuerst meine Wahrheit durchleben? Inwiefern war ich bislang von einer Bestimmung ausgegangen, und hatte untergründig doch von einer ganz anderen gelebt?

Ich schloß die Augen in der Erwartung, das Befremden möge ein Ende nehmen, und mein Aufatmen bringe dieses Stöhnen zum Schweigen, das mir unten aus der Tiefe einer trockenen Zisterne zu kommen schien, wie auch die Schabe ein Tier trockener Zisternen war. Ich spürte immer noch unendlich tief in mir das Stöhnen, das jetzt nicht einmal mehr bis zu meiner Kehle reichte.

Das ist der Wahnsinn, dachte ich mit geschlossenen Augen. Aber das Gefühl, aus dem Staub geboren zu werden, ließ sich einfach nicht verleugnen, so daß ich nicht anders konnte, als dem zu folgen, was – das wußte ich genau – kein Wahnsinn war, mein Gott, es war eine viel schlimmere Wahrheit, es war die schreckliche Wahrheit. Aber warum war sie schrecklich? Wortlos widersprach sie all dem, was ich vorher, ebenfalls ohne Worte, zu denken gewohnt war.

Ich wartete, daß das Befremden ein Ende habe, daß sich mein Wohlbefinden wieder einstelle. Aufgrund einer unermeßlichen Anstrengung erinnerte ich mich jedoch, daß ich dieses Befremden schon gespürt hatte: es war dasselbe Befremden, das ich empfand, wenn ich außerhalb von mir mein eigenes Blut sah. Denn das Blut, das ich außerhalb meines Körpers sah, dieses Blut fand ich auf seltsame Weise fremd und anziehend zugleich: es war mein eigenes.

Ich wollte die Augen nicht wieder öffnen, ich wollte nicht länger sehen. Man durfte die Regeln und Gesetze nicht vergessen – man darf nicht vergessen, daß es ohne Regeln und Gesetze auch keine Ordnung gibt – ja, man durfte sie nicht vergessen, man mußte sie verteidigen, um sich zu verteidigen.

Aber ich konnte mich schon nicht mehr binden.

Ohne daß ich es wollte, war die erste Bindung in die Brüche gegangen, und ich fühlte mich nicht länger an das Gesetz gebunden, obwohl ich begriff, daß ich mich in die Hölle der lebenden Materie begeben würde – was für eine Hölle erwartete mich da? doch ich mußte gehen, ich mußte meine Seele ins Verderben stürzen, denn ich verzehrte mich vor Neugierde.

Da öffnete ich mit einem Schlag die Augen und sah unvermittelt die unbegrenzte Weite des Zimmers vor mir, jenes Zimmers, das schweigend bebte, dieses Laboratorium der Hölle.

Das Zimmer, das unbekannte Zimmer. Endlich war mein Eintreten vollzogen.

Um einzutreten in dieses Zimmer, gab es nur einen Durchgang, und der war schmal: er führte über die Schabe. Die Schabe erfüllte das Zimmer endlich mit einem spürbaren Beben, einem Beben wie das Rasseln der Klapperschlange in der Wüste. Über einen steinigen Weg war ich zu diesem tiefen Einschnitt in der Wand gelangt, der das Zimmer war – und dieser Spalt führte zu einem weiten, unterirdischen Naturraum.

Er war kahl, wie geschaffen für das Eintreten eines einzigen Menschen. Wer hineinginge, würde zu einer ›sie‹ oder zu einem ›er‹. Ich war diejenige, die von diesem Raum als ›sie‹ bezeichnet wurde. Ein Ich war eingetreten, dem das Zimmer die Dimension einer Sie gegeben hatte. Als wäre ich gleichzeitig auch die andere Seite des Würfels, die Seite, die man nicht sieht, weil man ihn von vorne betrachtet.

In meiner überdimensionalen Ausdehnung stand ich in der Wüste. Wie soll ich es dir erklären? Ich stand in der Wüste wie nie zuvor. Es war eine Wüste, die mich rief, wie ein eintöniges und fernes Lied ruft. Ich wurde in Versuchung geführt. Ich ließ mich in diesen verheißungsvollen Wahnsinn treiben. Aber meine Angst war nicht die Angst dessen, der zum Wahnsinn getrieben, sondern die desjenigen, der zur Wahrheit getrieben wird – ich hatte Angst, eine Wahrheit zu finden, die ich danach nicht mehr wollte, eine erniedrigende Wahrheit, die mich zum Kriechen brächte und auf das Niveau der Schabe herabsetzte. Meine erste Begegnung mit der jeweiligen Wahrheit hatte mich immer gedemütigt.

– Halte meine Hand fest, denn ich spüre, daß ich schon den ersten Schritt getan habe. Ich gehe wieder zum ursprünglichsten göttlichen Leben zurück, ich bin dabei, mich einer Hölle ungestalteten Lebens zu nähern. Laß mich nicht hinsehen, denn ich bin nahe daran, den Kern des Lebens zu sehen – und das durch die Schabe, die ich in diesem Augenblick wiedersehe, dieses Beispiel ruhigen, lebendigen Schreckens, oh, ich habe Angst, daß ich angesichts dieses Kerns nicht mehr wissen werde, was Hoffnung ist.

Die Schabe ist reine Versuchung. Feine Härchen, blinzelnde Zilien, die rufen.

Auch ich, die ich allmählich auf meine unveränderliche Größe herabstieg, auch ich hatte Milliarden blinzelnder Zilien, und mit meinen Wimpern bewege ich mich vorwärts, ich Protozoon, reines Protein. Halte meine Hand fest, denn von einem unentrinnbaren Schicksal ereilt, bin ich beim Einzeller angekommen – ich fühle mich zurückversetzt in Zeit und Raum, und in der Hieroglyphe der langsamen Schabe erkenne ich die Schreibweise des Fernen Orients. Und in dieser Wüste der großen Versuchungen die Kreaturen: ich und die lebende Schabe. Das Leben, Liebling, ist eine große Versuchung, in der alles, was ist, einander verführt. In diesem leeren Zimmer der verborgene Kern des Lebens. Ich war beim Nichts angekommen, und das Nichts war lebendig und feucht.

Ich war beim Nichts angekommen, und das Nichts war lebendig und feucht.

Da geschah es – ganz langsam, wie aus einer Tube begann die Masse der zerquetschten Schabe hervorzuquellen.

Der Urstoff der Schabe, der ihr Inneres war, diese dickflüssige, weißliche, langsame Masse wuchs nach draußen wie aus einer Zahnpastatube.

Vor meinen angeekelten und verführten Augen veränderte die Schabe langsam ihre Form, indem sie nach außen hin immer größer wurde. Die weiße Materie schob sich langsam auf ihren Rükken wie eine Last. Regungslos trug sie auf der staubigen Flanke die Last ihres eigenen Körpers.

»Schrei doch!« befahl ich mir lautlos. »So schrei doch«, wiederholte ich vergeblich mit einem tiefen Seufzer, ohne einen Ton von mir zu geben.

Die dicke weiße Masse war jetzt auf den Schalen zum Stillstand gekommen. Ich sah zur Decke, um meine Augen ein wenig auszuruhen, denn ich spürte, daß sie tief und groß in ihren Höhlen lagen.

Denn würde ich auch nur ein einziges Mal schreien, könnte ich womöglich nie wieder aufhören. Würde ich schreien, könnte niemand mehr etwas für mich tun; solange ich aber meine Not nicht preisgab, würde niemand über mich erschrecken und mir, ohne es zu wissen, helfen; aber nur solange ich niemanden erschreckte, denn ich hatte die Regeln verletzt. Aber wenn sie es erfahren, geraten sie in Panik, wir, die wir den Schrei wie ein unverletzliches Geheimnis hüten. Schreie ich um Hilfe, weil ich lebe, werden sie mich stillschweigend und brutal verstoßen, denn diejenigen, die die Welt des Möglichen überschreiten, werden verstoßen; das außergewöhnliche, das schreiende Wesen wird verstoßen.

Ich schaute zur Decke, die Augen wurden mir schwer. Alles reduzierte sich letztendlich darauf, mit aller Gewalt den ersten Schrei zu unterdrücken – ein erster Schrei entfesselt alle weiteren, der erste hörbare Schrei entfesselt ein ganzes Leben, würde ich schreien, weckte ich damit Tausende von schreienden Wesen, die auf den Dächern einen Chor aus Schreckensrufen anstimmen würden. Mit meinem Schrei würde ich das Sein entfesseln – wessen Sein? das Sein der Welt. Das Sein der Welt erfüllte mich mit Ehrfurcht.

Denn es ist so, meine schützende Hand, es ist so, daß ich durch eine Erfahrung, die ich nie wieder machen will, durch eine Erfahrung, für die ich mich selbst um Verzeihung bitte, allmählich begann, aus meiner Welt heraus- und in die Welt einzutreten.

Denn ich sah nicht mehr nur mich, sondern – ich sah. Eine ganze Zivilisation, aufgebaut auf der Sicherheit, daß alles, was man sieht, sofort mit dem vermischt wird, was man fühlt, eine Zivilisation, die das Seelenheil zu ihrer Grundlage macht – nun befand ich mich unter ihren Trümmern. Über diese Zivilisation kann sich nur der erheben, dessen besondere Aufgabe ihn dazu ermächtigt: ein Wissenschaftler erhält die Genehmigung, ein Geistlicher bekommt die Erlaubnis. Aber nicht eine Frau, die nicht einmal als Garantie einen Titel vorweisen kann. Ich war auf der Flucht, voller Ekel ergriff ich die Flucht.

Ach, wenn du um die Einsamkeit dieser meiner ersten Schritte wüßtest. Sie war nicht wie die Einsamkeit eines Menschen. Es war, als wäre ich bereits gestorben und müßte alleine die ersten Schritte in einem anderen Leben gehen. Und es war, als würde diese Einsamkeit Seligkeit genannt, und auch ich wußte, daß es eine Seligkeit war, und erbebte vor dieser ursprünglichen göttlichen Seligkeit, die ich weder verstand noch im geringsten wollte.

– Denn sieh, ich wußte, daß ich mich in die rohe und gewaltige Herrlichkeit der Natur begab. Obwohl verführt, kämpfte ich doch so gut ich konnte gegen den Flugsand an, der mich zu verschlingen drohte: und jede Bewegung, die das »Nein, nicht!« ausdrückte, jede Bewegung zog mich unweigerlich noch tiefer hinein: zum Kämpfen keine Kraft zu haben war die einzige Gnade, die mir widerfuhr.

Ich sah das Zimmer, in dem ich gefangen war, und suchte einen Ausweg, verzweifelt versuchte ich zu fliehen, in meinem Innern war ich schon so weit zurückgewichen, daß meine Seele gleichsam an die Wand gedrückt war – fasziniert von der unentrinnbaren Anziehungskraft des Magneten, war ich, ohne es im geringsten verhindern zu können oder zu wollen, in mir bis zur Wand zurückgewichen, wo ich mich in die Zeichnung der Frau einfügte. Bis ins Mark meiner Knochen war ich zurückgewichen, meinen letzten Zufluchtsort. Dort an der Wand war ich von einer derartigen Nichtigkeit, daß ich keinen Schatten warf.

Und die Proportionen, ich spürte es genau, die Proportionen waren dieselben geblieben, ich wußte, daß ich niemals über jene

Frau auf der Wand hinausgewachsen war, ich war sie. Und ich war unangetastet geblieben auf diesem langen, lehrreichen Weg.

Plötzlich verflog meine Anspannung wie ein Geräusch, das jäh unterbrochen wird.

Und ein erster Hauch wahrhaftigen Schweigens war zu vernehmen. Was ich als so still, fern und fremd in dem geheimnisvollen Lächeln meiner Fotos gesehen hatte – das war zum ersten Mal außerhalb von mir und doch unmittelbar in meiner Reichweite, unverständlich zwar, aber in meiner Reichweite.

Was mir Linderung verschaffte wie bei einem unerträglichen Durst, brachte mir eine so große Erleichterung, als hätte ich mein Leben lang gewartet auf dieses Wasser, das für den abhängigen Körper so unentbehrlich war wie für den Süchtigen das Kokain, um das er bettelt. Mit Schweigen getränkt, beruhigte sich mein Körper endlich. Die Erleichterung rührte daher, daß ich in die stumme Höhlenzeichnung hineinpaßte.

Bis zu diesem Augenblick hatte ich das Ausmaß meines Kampfes noch nicht voll erkannt, so tief war ich darin verstrickt gewesen. Aber durch das Schweigen, in das ich endlich versunken war, wurde mir jetzt bewußt, daß ich gekämpft, verloren und daß ich nachgegeben hatte.

Und daß ich erst jetzt endgültig in dem Zimmer war.

So endgültig wie eine dreihunderttausend Jahre alte Zeichnung in einer Höhle. Und siehe da, ich paßte in mich hinein, ich war in mir selbst in die Wand eingraviert.

Der enge Zugang hatte über die schreckliche Schabe geführt, voller Ekel hatte ich mich durch diesen Körper aus Schalen und Schlamm hindurchgequält. Und auch ich war schließlich völlig unrein geworden, denn durch sie war ich bei meiner Vergangenheit angekommen – die meine unablässige Gegenwart und meine unablässige Zukunft war, und die heute und immerdar auf der Wand festgehalten wird, genauso wie meine fünfzehn Millionen Töchter von Anbeginn an bis zu mir auch dort festgehalten wurden. Mein Leben war so ununterbrochen gewesen wie der Tod. Das Leben ist so ununterbrochen, daß wir es in Etappen einteilen, und eine davon nennen wir Tod. Ich hatte immer teil am Leben, es hat nichts zu bedeuten, daß im Grunde nicht ich es war, nicht das war, was ich beschlossen hatte, ›ich‹ zu nennen. Ich hatte immer am Leben teil.

Ich, neutraler Schabenkörper, ich verfüge über ein Leben, das mir endlich nicht mehr entflieht, denn ich sehe es losgelöst von mir – ich bin die Schabe, ich bin mein Bein, ich bin mein Haar, ich bin dieser helle Lichtkreis auf der verputzten Wand – ich bin jeder einzelne höllische Teil von mir – das Leben in mir ist so beharrlich, daß, wenn man mich wie eine Eidechse zerteilte, die einzelnen Stücke zuckend umherkriechen und weiterleben würden. Ich bin das in die Wand eingravierte Schweigen, und der älteste Schmetterling flattert herbei und setzt sich mir gegenüber: Ich bin immer die gleiche. Von Geburt an bis zur Stunde des Todes nenne ich mich Mensch, und ich werde nie wirklich sterben.

Aber das ist nicht die Ewigkeit, es ist die Verdammnis.

Wie luxuriös dieses Schweigen ist. Seit Jahrhunderten hat es sich angesammelt. Es ist das Schweigen einer sehenden Schabe. Die Welt sieht sich mich an. Alles sieht alles, alles lebt das andere: in dieser Wüste wissen die Dinge die Dinge. Die Dinge wissen so sehr die Dinge, daß ich es... daß ich es Vergebung nenne, will ich mein Heil als Mensch anstreben. Es ist die Vergebung an sich. Vergebung ist eine Eigenschaft der lebenden Materie.

Vergebung ist eine Eigenschaft der lebenden Materie.

Siehst du, Liebling, aus Angst bin ich schon dabei, einzuordnen, siehst du, wie es mir noch nicht gelingt, mit den Grundelementen dieses Laboratoriums umzugehen, ohne sogleich die Hoffnung einbauen zu wollen. Denn vorläufig ergibt die Metamorphose von mir in mich keinen Sinn. Es ist eine Metamorphose, in der ich alles verliere, was ich besaß, und was ich besaß, war ich – ich besitze nur, was ich bin. Und jetzt, was bin ich jetzt? Ich bin: vor Schreck erstarrt dastehen. Ich bin: was ich gesehen habe. Ich verstehe nicht, und ich habe Angst zu verstehen, denn der Stoff des Universums mit seinen Planeten und Schaben erschreckt mich.

Ich, die vorher von milden Worten, von Stolz oder von irgend etwas anderem gelebt hatte. Aber welch ein Abgrund zwischen dem Wort und dem, was es auszudrücken versuchte, welch ein Abgrund zwischen dem Wort Liebe und der Liebe, die nicht einmal einen menschlichen Sinn hat – denn – denn Liebe ist die lebende Materie. Ist Liebe die lebende Materie?

Was war das, was mir gestern widerfahren ist? und nun? Ich bin verwirrt, ich habe eine Wüste nach der anderen durchquert, aber bin ich an einem Detail hängengeblieben? wie an einem Felsen.

Nein, warte, warte noch: ich muß mich erleichtert daran erinnern, daß ich dieses Zimmer schon seit gestern verlassen habe, ich bin ja schon draußen, ich bin frei! und noch habe ich eine Genesungschance. Wenn ich will.

Aber will ich denn?

Was ich gesehen habe, läßt sich nicht einordnen. Aber wenn ich wirklich will, jetzt in diesem Augenblick, kann ich das, was ich erfahren habe, noch in Begriffe übersetzen, die uns geläufiger sind, in menschliche Begriffe, und ich muß den gestrigen Stunden noch keine Bedeutung beimessen. Wenn ich noch will, kann ich mich in unserer Sprache, aber mit anderen Worten fragen, was mir widerfahren ist.

Und wenn ich auf diese Weise frage, bekomme ich noch eine Antwort, die Genesung bedeutet. Die Genesung wäre, folgendes zu wissen: G. H. war eine Frau, die ein gutes Leben führte, die ein gutes Leben führte, die zur obersten Sandschicht der Welt gehörte, und dieser Sand gab niemals unter ihren Füßen nach: die Feineinstellung war so perfekt, daß die Bewegung der Füße sich der Bewegung des Sandes anpaßte, und dadurch war alles sicher und fest. G. H. lebte in der obersten Sphäre eines aufragenden Überbaus, und obwohl er auf Luft gebaut war, war er solide, sie selbst schwebte in der Luft, wie die Bienen das Leben in der Luft weben. Und das wiederholte sich seit Jahrhunderten mit allen notwendigen oder zufälligen Varianten, und es war in Ordnung so. Es war in Ordnung so – wenigstens sprach nichts und niemand dagegen, niemand sagte nein: also mußte es gut sein.

Doch die langsame Anhäufung von Jahrhunderten, die sich unwillkürlich überlagerten, war genau das, was das luftige Gebäude, ohne daß es jemand merkte, zunehmend schwerer machte; dieses Gebäude wurde seiner selbst immer überdrüssiger: es wurde immer kompakter anstatt zerbrechlicher. Das ständige Leben in einem Überbau konnte nur noch mit Schwierigkeiten in der Luft aufrechterhalten werden.

Wie in einem Haus, in dem nachts alle ruhig schlafen, ohne zu wissen, daß das Fundament nachgibt und daß jeden Augenblick, über den die Ruhe hinwegtäuscht, die Tragbalken sich biegen können, weil allmählich der innere Zusammenhalt um einen Millimeter pro Jahrhundert nachläßt. Und dann, wenn man es am wenigsten erwartet – in einem hundertfach erlebten und vertrauten Augenblick wie zum Beispiel auf einem Ball ein Glas an den lächelnden Mund zu führen –, dann, gestern, an solch einem sonnigen Tag wie diese Tage im Hochsommer, während die Männer arbeiten und die Küchen rauchen und der Steinbrecher die Steine zerkleinert und die Kinder lachen und ein Priester kämpft, um zu verhindern, daß... aber was zu verhindern? – gestern, ohne Vorwarnung, das Getöse des soliden Gebäudes, das auf einmal schwankte und in sich zusammenfiel.

Tonnen über Tonnen fielen in diesem Erdrutsch. Und als ich, G. H. bis in die letzten Koffer, ich, einer der Menschen, die Augen öffnete, befand ich mich – nicht auf Trümmern, denn selbst die Trümmer waren schon vom Sand verschluckt worden –, befand ich mich auf einer ruhigen Ebene, die unzählige Kilometer weit unterhalb einer Stadt lag, die einst groß gewesen war. Die Dinge waren wieder geworden, was sie schon immer waren.

Die Welt hatte ihre eigene Wirklichkeit zurückgefordert, und wie nach einer Katastrophe, war meine Zivilisation untergegangen: ich war nicht mehr als eine historische Tatsache. Der Ursprung aller Zeiten und der Ursprung meiner selbst hatten alles an mir zurückgefordert. Ich war auf einer ersten Primärstufe angekommen, ich befand mich im Schweigen des Windes und im Zeitalter von Zinn und Kupfer – im ersten Zeitalter des Lebens.

Weißt du, die schlimmste Entdeckung angesichts der lebendigen Schabe war die, daß die Welt nicht menschlich ist, daß wir nicht menschlich sind.

Nein, erschrick nicht! Was mich bislang vor dem gefühlsdurchdrungenen Leben, das ich führte, gerettet hatte, war die Tatsache, daß das Nichtmenschliche, das Dinghafte, der dingliche Teil unseres Menschseins das Beste an uns ist. Nur darum war es mir, als falscher Mensch, bis jetzt gelungen, an dem gefühlsbeladenen und nützlichkeitsbetonten Gebäude nicht zu scheitern: meine menschlichen Gefühle waren nützlichkeitsbezogen, aber ich bin nicht daran gescheitert, weil der dingliche Anteil, die Materie des Gottes, zu stark war und darauf wartete, mich zurückzufordern. Die große neutrale Strafe des allgemeinen Lebens ist die, daß es unversehens ein persönliches Leben untergraben kann; wenn die ihm eigene Kraft nicht zugelassen wird, dann bricht es auf, wie ein Damm bricht – und quillt rein, ohne jegliche Beimischung hervor: rein und völlig neutral. Darin lag die große Gefahr: wenn dieser neutrale Teil, der dingliche, das persönliche Leben nicht durchtränkt, dann kommt das ganze Leben völlig neutral hervor.

Aber warum hatte sich das erste Schweigen ausgerechnet in mir wieder ausgebreitet? Als ob an eine stille, friedliche Frau einfach ein Ruf ergangen wäre, sie ruhig ihre Stickerei auf den Stuhl gelegt, sich erhoben hätte und ohne ein Wort – ihr Leben verlassend, die Stickerei, die Liebe und die bereits geformte Seele verleugnend –, als ob diese Frau sich ruhig, ohne ein Wort, auf alle viere niedergelassen und begonnen hätte, auf Händen und Füßen zu laufen und mit glänzenden, ruhigen Augen umherzukriechen: denn das frühere Leben hatte sie gerufen, und sie war dem Ruf gefolgt.

Aber wieso ich? Aber wieso nicht ich. Wenn ich es nicht gewesen wäre, hätte ich es nicht erfahren, und indem ich es war, erfuhr ich es – weiter nichts. Was hatte mich gerufen: der Wahnsinn oder die Wirklichkeit?

Das Leben rächte sich an mir, und die Rache bestand nur darin, daß es zurückkehrte, mehr nicht. Jeder Anfall von Wahnsinn bedeutet, daß etwas zurückgekehrt ist. Die Besessenen sind nicht besessen von dem, was kommt, sondern von dem, was zurückkehrt.

Manchmal kehrt das Leben zurück. Wenn durch diese Eruption der Kräfte alles in mir zerbrach, dann nicht deswegen, weil Zerbrechen die Aufgabe derselben war: es blieb ihnen schließlich nur noch die Möglichkeit, durchzubrechen, denn sie waren schon viel zu mächtig geworden, als daß sie sich aufstauen oder umleiten ließen – die durchbrechende Flut bedeckte alles. Und danach, wie nach einer Sintflut, schwammen darin ein Kleiderschrank, ein Mensch, ein einzelnes Fenster, drei kleine Koffer. Und das war für mich die Hölle, die Zerstörung unzähliger archäologischer menschlicher Schichten, eine nach der anderen.

Die Hölle, weil die Welt und weil der Mensch mir keinen menschlichen Sinn mehr hatten. Und wenn ich diese Welt nicht vermenschlichen und sie nicht mit Gefühlen ausstatten kann, ergreift mich das Entsetzen.

Ohne einen Schrei betrachtete ich die Schabe.

Von nahem besehen, ist die Schabe ein Gegenstand von großem Luxus. Eine Braut mit schwarzen Juwelen. Äußerst selten, scheint sie ein Einzelexemplar zu sein. Indem ich sie mit der Schranktür in der Mitte ihres Körpers einklemmte, hatte ich dieses einzige Exemplar isoliert. Von ihr zu sehen war nur die Hälfte des Körpers. Der Rest, den man nicht sah, konnte riesig sein, er verteilte sich auf Tausende von Häusern, hinter Gegenständen und Schränken. Ich jedoch wollte den Teil, der mir zugefallen war, nicht. Hinter den Fassaden der Häuser – diese glanzlosen Juwele, die überall umherkrochen?

Ich fühlte mich unrein, wie die Bibel von den Unreinen spricht. Warum nur hat sich die Bibel so sehr mit den Unreinen beschäftigt und die unreinen und verbotenen Tiere einzeln aufgezählt? warum nur, wenn auch sie, wie alle anderen, erschaffen worden waren? Und warum war das Unreine verboten? Ich hatte die verbotene Handlung begangen, an das zu rühren, was unrein ist.

Ich hatte die verbotene Handlung begangen, an das zu rühren, was unrein ist.

Und so unrein war ich, in dieser meiner plötzlichen indirekten Erkenntnis meiner selbst, daß ich den Mund öffnete, um nach Hilfe zu rufen. Sie sagen alles, die Bibel, sie sagen alles – aber wenn ich verstehe, was sie sagen, dann werden sie selbst mich als verrückt bezeichnen. Die es gesagt haben, waren Menschen wie ich, aber sie zu verstehen, wäre mein Ende.

»Doch ihr sollt nicht von den Unreinen essen: welche da sind der Adler und der Greif und der Merlin.« Und auch die Eule und der Schwan und die Fledermaus und der Storch und die gesamte Gattung der Raben.

Ich begriff, daß das unreine Tier der Bibel verboten ist, weil das Unreine der Ursprung ist – es gibt Dinge, die erschaffen wurden und die sich niemals ausschmückten, seit dem Augenblick ihres Entstehens sind sie sich gleichgeblieben, und nur sie bleiben weiterhin die noch ganze Wurzel. Und weil sie die Wurzel sind, darf man sie nicht essen, sie, die Frucht des Guten wie des Bösen – die lebendige Materie zu essen, würde mich aus einem Paradies aus Zierat vertreiben und mich für immer dazu verdammen, mit einem Hirtenstab durch die Wüste zu ziehen. Viele waren es, die mit einem Hirtenstab durch die Wüste zogen.

Schlimmer noch – es würde mir vor Augen führen, daß auch die Wüste lebt und Feuchtigkeit enthält, ich würde sehen, daß alles lebt und aus demselben Stoff gemacht ist.

Um eine mögliche Seele zu formen – eine Seele, die sich nicht in den eigenen Schwanz beißt und ihn auffrißt – befiehlt das Gesetz, daß man nur das bewahren soll, was nicht so offensichtlich lebendig ist. Das Gesetz befiehlt auch, daß derjenige, der vom Unreinen ißt, es in Unkenntnis tue. Denn wer vom Unreinen ißt und weiß, daß es unrein ist – der wird auch merken, daß das Unreine nicht unrein ist. Ist es so?

»Und alles, was kriecht und Flügel hat, wird unrein sein, und man soll davon nicht essen.«

Erschrocken öffnete ich den Mund: ich wollte um Hilfe schreien. Warum? warum wollte ich nicht so unrein werden wie die Schabe? welches Ideal verpflichtete mich zu der Vorstellung einer Idee? warum sollte ich nicht unrein werden, genauso wie ich selbst mich ganz neu entdeckte? Was fürchtete ich? unrein zu werden wovon?

Unrein zu werden vor Freude.

Denn jetzt verstehe ich, daß das, was ich bereits verspürte, schon die Freude war, was ich bislang noch nicht erkannt und verstanden hatte. In meiner stummen Bitte um Hilfe kämpfte ich gegen eine erste vage Freude an, die ich nicht begreifen wollte in mir, weil sie, obgleich vage, doch schon schrecklich war: es war eine Freude ohne Erlösung, ich weiß nicht, wie ich es dir erklären soll, aber es war eine Freude bar jeglicher Hoffnung.

– Ach, bitte, zieh deine Hand nicht zurück, ich verspreche mir, am Ende dieses unzumutbaren Berichts vielleicht zu verstehen, ach, vielleicht entdecke ich auf dem Weg über die Hölle das, was uns fehlt – aber zieh deine Hand nicht zurück, obwohl ich bereits weiß, daß zu entdecken über das führen muß, was wir sind. Vorausgesetzt, es gelingt mir, in dem, was wir sind, nicht endgültig zu versinken.

Sieh, mein Liebes, ich verliere schon den Mut, das zu finden, was auch immer mir zu finden bestimmt sei; ich verliere den Mut, mich dem Weg anzuvertrauen, und schon verspreche ich uns, daß ich in dieser Hölle die Hoffnung finden werde.

– Vielleicht ist es nicht die alte Hoffnung. Vielleicht kann man es nicht einmal Hoffnung nennen.

Ich kämpfte, weil ich eine unbekannte Freude nicht haben wollte. Sie wäre genauso verboten durch meine zukünftige Erlösung wie das verbotene Tier, das als unrein bezeichnet wurde – und voller Qual öffnete und schloß ich die Lippen, um nach Hilfe zu rufen, denn zu dem Zeitpunkt war ich noch nicht darauf gekommen, diese Hand zu erfinden, die ich jetzt erfunden habe, um die meine festzuhalten. In meiner gestrigen Not war ich allein, und gegen meine erste Entmenschlichung wollte ich um Hilfe bitten.

Die Entmenschlichung ist genauso schmerzhaft, wie alles zu verlieren, alles zu verlieren, Liebling. Ich bewegte die Lippen, um nach Hilfe zu rufen, doch ich war unfähig, einen Laut hervorzubringen, und wußte auch nicht, wie.

Denn ich hatte nichts mehr auszusagen. Mein Todeskampf war wie der eines Menschen, der noch etwas sagen will, bevor er stirbt. Ich wußte, daß ich mich für immer von etwas verabschiedete, etwas würde sterben, und ich wollte wenigstens das, was sterben würde, mit einem abschließenden Wort aussprechen.

Schließlich gelang es mir, wenigstens einen Gedanken zu formulieren: »ich bitte um Hilfe.«

Dann fiel mir ein, daß es nichts gab, wogegen ich um Hilfe bitten müßte. Ich hatte nichts zu erbitten.

Das war es also auf einmal. Ich begriff, daß ›bitten‹ noch das letzte Überbleibsel einer anrufbaren Welt war, die sich immer weiter entfernte. Und wenn ich noch immer bitten wollte, dann weil ich mich noch an die letzten Reste meiner alten Zivilisation klammern wollte, mich anklammern, um mich nicht fortreißen zu lassen von dem, was mich jetzt zurückforderte. Und dem ich – in einem hoffnungslosen Genuß – nachzugeben begann, ach, ich wollte bereits nachgeben; es ausgekostet zu haben, war schon der Anfang einer Hölle von Begehren, Begehren, Begehren... War mein Wille zur Begierde stärker als mein Wunsch nach Erlösung?

Es wurde immer klarer, daß ich nichts zu erbitten hatte. Und ich sah voller Faszination und Schrecken, wie Stücke meiner verfaulten Mumiengewänder trocken auf den Boden fielen, ich wohnte meiner eigenen Verwandlung als Puppe in feuchte Larve bei, ihre dunklen Flügel entrollten sich allmählich. Und ein vollkommen neuer Körper, ein Körper für den Erdboden bestimmt, ein neuer Körper wurde wiedergeboren.

Ohne die Schabe aus den Augen zu lassen, ließ ich mich langsam nieder, bis ich fühlte, daß mein Körper das Bett berührte, und ohne die Schabe aus den Augen zu lassen, setzte ich mich hin.

Jetzt erhob ich meinen Blick und sah sie an. Niedergebeugt über ihre eigene Mitte, schaute sie von oben auf mich herab. Ich hatte das Unreine dieser Welt gefesselt vor meinen Augen – ich hatte das lebendige Ding entzaubert. Meine Vorstellungskraft war verloren.

Da preßte sich abermals ein Millimeter der dicken weißen Materie heraus.

Da preßte sich abermals ein Millimeter der dicken weißen Materie heraus.

Heilige Maria, Mutter Gottes, ich gebe Euch mein Leben dafür, daß jener gestrige Moment nicht wahr sei. Die Schabe mit der weißen Masse blickte mich an. Ich weiß nicht, ob sie mich sah, ich weiß nicht, was eine Schabe sieht. Aber sie und ich, wir blickten uns an, und ich weiß auch nicht, was eine Frau sieht. Doch wenn ihre Augen mich auch nicht sahen, so wußte ihr Dasein doch um das meinige – in der primären Welt, in die ich mich begeben hatte, ist ein Wesen durch das andere da als eine Form des Sehens. Und in dieser Welt, die ich im Begriff war kennenzulernen, gibt es verschiedene Formen, die sehen bedeuten: ein den anderen Anblikken, ohne ihn zu sehen, ein den anderen Besitzen, ein den anderen Aufessen, ein nur In-einer-Ecke-Sein, und der andere ist auch da: all dies bedeutet auch sehen. Die Schabe sah mich nicht direkt, sie war bei mir. Die Schabe sah mich nicht mit den Augen, sondern mit dem Körper.

Und ich – ich sah. Es war unmöglich, sie nicht zu sehen. Es war unmöglich, es zu verleugnen: meine Überzeugungen und meine Flügel schmolzen schnell dahin und waren sinn- und zwecklos. Ich konnte es nicht länger verleugnen. Ich weiß nicht, was ich nicht länger zu leugnen vermochte, aber ich konnte es nicht mehr. Und ich konnte mich auch nicht länger einer ganzen Zivilisation bedienen, die mir, wie früher, helfen würde, das abzustreiten, was ich sah.

Und ich sah die Schabe ganz.

Die Schabe ist ein häßliches, glänzendes Wesen. Die Schabe ist ein linkes Tier. Nein, nein, sie hat weder eine linke noch eine rechte Seite: sie ist das, was man sieht. Was an ihr offensichtlich ist, ist das, was ich in mir verberge: aus meiner offenzulegenden Seite machte ich meine verborgene Innenseite. Sie blickte mich an. Es war kein Gesicht. Es war eine Maske. Eine Tauchermaske. Diese kostbare rostbraune Gemme. Ihre zwei Augen waren so voller Leben wie zwei Eierstöcke. Sie betrachtete mich mit der blinden Fruchtbarkeit ihres Blicks. Sie befruchtete meine tote Fruchtbarkeit. Ob ihre Augen wohl salzig waren? Wenn ich sie berührte – wo ich doch ohnehin von Mal zu Mal unreiner wurde – wenn ich sie mit dem Mund berührte, würden sie mir dann salzig schmekken?

Ich hatte im Mund schon die Augen eines Mannes geschmeckt, und durch das Salz im Mund hatte ich erfahren, daß er weinte.

Doch als ich an das Salz der schwarzen Schabenaugen dachte, wich ich plötzlich wieder zurück, und meine trockenen Lippen preßten sich zusammen bis auf die Zähne: die Reptilien, die sich auf der Erde fortbewegen! In dem strahlenden, unverwüstlichen Licht des Zimmers war die Schabe ein kleines träges Krokodil. Das trockene Zimmer bebte. Ich und die Schabe saßen in dieser Trokkenheit wie auf der hartgewordenen Kruste eines erloschenen Vulkans. In eine Wüste war ich geraten, und auch dort entdeckte ich das Leben mit seinem Salz.

Wieder preßte sich der weiße Teil der Schabe vielleicht weniger als einen Millimeter heraus.

Diesmal hatte ich die fast unmerkliche Bewegung ihrer Masse kaum wahrgenommen. Bestürzt und regungslos sah ich hin.

– Bisher war mir das Leben niemals bei Tage widerfahren. Niemals im Licht der Sonne. Nur in meinen Nächten erneuerte sich die Welt langsam. Denn das, was im Dunkel der eigenen Nacht geschah, vollzog sich gleichzeitig auch in meinem Inneren, meine Dunkelheit unterschied sich nicht von der Dunkelheit draußen, und morgens, wenn ich die Augen öffnete, war die Welt wieder eine Oberfläche: das geheime Leben der Nacht zerrann in meinem Mund schnell zum Geschmack eines Alptraums, der vorbeigeht. Aber jetzt ereignete sich das Leben am hellichten Tage. Es ließ sich nicht leugnen, alle Augen sollten es sehen. Es sei denn, ich wandte die Augen ab.

Und noch hätte ich die Augen abwenden können.

– Aber die Hölle hatte mich bereits in ihren Klauen, Liebling, die Hölle einer krankhaften Neugier. Ich war daran, meine menschliche Seele zu verkaufen, weil das Sehen schon begonnen hatte, mich vor Lust zu verzehren, ich verkaufte meine Zukunft, verkaufte meine Erlösung, ich verkaufte uns.

»Ich bitte um Hilfe«, rief ich mir jetzt plötzlich mit der Stummheit derjenigen zu, deren Mund sich immer mehr mit Flugsand füllt, »ich bitte um Hilfe«, dachte ich, während ich reglos dasaß. Aber es kam mir nicht ein einziges Mal in den Sinn, aufzustehen und wegzugehen, so als wäre das bereits nicht mehr möglich gewesen. Die Schabe und ich waren in einem Bergwerk verschüttet.

Die Waage hatte jetzt nur noch eine Schale. Auf dieser Waagschale lag meine große Ablehnung gegenüber Schaben. Aber ›Ablehnung gegenüber Schaben‹ waren jetzt bloße Worte, und ich wußte zugleich, daß in der Stunde meines Todes auch ich nicht durch Worte übersetzbar wäre.

Ja, vom Sterben wußte ich, denn zu sterben war die Zukunft und war vorstellbar, und um mir etwas vorzustellen hatte ich immer Zeit gehabt. Aber der Augenblick, dieser Augenblick jetzt – die unmittelbare Gegenwart – ist unvorstellbar, denn zwischen der unmittelbaren Gegenwart und mir gibt es keinen Zwischenraum: der Augenblick ist jetzt, in mir.

– Verstehst du, vom Sterben wußte ich seit eh und je, und der Tod verlangte noch nicht nach mir. Was ich aber noch nie erfahren hatte, war, auf den Augenblick zu stoßen, der sich ›sofort‹ nennt. Das Heute fordert mich noch heute. Zuvor hatte ich nie begriffen, daß es auch für die Stunde des Lebens keine Worte gibt. Die Stunde des Lebens, mein Liebling, war eine so unverzügliche, daß ich mit meinem Mund die Materie des Lebens berührte. Die Stunde des Lebens ist ein ununterbrochenes schwerfälliges Knarren von Türen, die sich Flügel um Flügel immer wieder öffnen. Zwei Tore öffneten sich, und hatten sich ständig immer wieder geöffnet. Doch sie öffneten sich immer wieder zum – zum Nichts?

Die Stunde des Lebens ist so höllisch ausdruckslos, daß sie das Nichts ist. Das, was ich ›Nichts‹ nannte, war indessen so eng mit mir verknüpft, daß es ich war... ich war? und darum unsichtbar wurde, wie auch ich für mich unsichtbar war, und daher zum Nichts wurde. Die Türen öffneten sich wie immer ohne Unterlaß.

Endlich, mein Liebes, brach ich zusammen. Und es wurde zu einem Jetzt.

Endlich, mein Liebes, brach ich zusammen. Und es wurde zu einem Jetzt.

Endlich war es jetzt. Es war einfach jetzt. Es war so: es war elf Uhr vormittags im Lande. Äußerlich wie ein grüner Garten, von zartester Äußerlichkeit. Grün, Grün – Grün ist ein Garten. Zwischen mir und dem Grün der Luft Wasser. Das grüne Wasser der Luft. Ich sehe alles durch ein volles Glas. Nichts ist zu hören. Im übrigen Haus breitet sich ein tiefer Schatten aus. Die Äußerlichkeit im Reifestadium. Es ist elf Uhr vormittags in Brasilien. Es ist jetzt. Es handelt sich genau um jetzt. Jetzt ist die Zeit bis an die Grenzen gedehnt. Die elfte Stunde hat keine Tiefe. Die elfte Stunde ist elf Stunden voll bis an den Rand des grünen Glases gefüllt. Die Zeit erzittert wie ein Fesselballon. Die Luft geschwängert und hörbar atmend. Bis das Erklingen der Nationalhymne die Zeit halb zwölf ankündigt und die Drahtseile des Ballons durchschneidet. Und auf einmal werden wir alle die Mittagsstunde erreichen. Die grün sein wird wie jetzt.

Jäh erwachte ich aus der unerwarteten grünen Oase, in die ich mich für einen Augenblick erfüllt zurückgezogen hatte.

Aber ich war in der Wüste. Und nicht nur auf dem Höhepunkt einer Oase ist es jetzt: jetzt ist es auch in der Wüste, und das voll und ganz. Es war unverzüglich. Zum ersten Mal in meinem Leben ging es ausschließlich um das Jetzt. Das war die erschreckendste Offenbarung, die mir jemals zuteil wurde.

Denn die unmittelbare Gegenwart birgt keine Hoffnung, und die unmittelbare Gegenwart hat keine Zukunft: die Zukunft ihrerseits wird wieder zur unmittelbaren Gegenwart.

Ich war so erschrocken, daß ich noch stiller in meinem Inneren geworden war. Denn es schien mir, als wäre ich endlich gezwungen, zu fühlen.

Es scheint, als müßte ich auf all das verzichten, was ich jenseits der Tore zurücklasse. Und ich weiß, ich wußte, daß ich mich in den Schoß der Natur begäbe, würde ich die immer offenstehenden Tore durchschreiten.

Ich wußte, daß einzutreten keine Sünde ist. Aber es ist ebenso riskant, wie zu sterben. So wie man stirbt, ohne zu wissen, wohin es führt, und das ist des Körpers größter Mut. Einzutreten war nur deshalb eine Sünde, weil es die Verdammnis meines Lebens war, zu dem ich später vielleicht nicht mehr würde zurückkehren können. Vielleicht wußte ich schon, daß es hinter den Toren keinen Unterschied zwischen mir und der Schabe mehr geben würde. Weder in meinen eigenen Augen noch in den Augen dessen, das Gott ist.

So geschah es, daß ich meine ersten Schritte im Nichts tat. Meine ersten zögernden Schritte in Richtung Leben, und dabei mein Leben verlassend. Ich setzte den Fuß in die Luft und betrat das Paradies oder die Hölle: den Mittelpunkt.

Ich fuhr mir mit der Hand über die Stirn: erleichtert stellte ich fest, daß ich endlich angefangen hatte zu schwitzen. Bis vor kurzem hatte es nur diese heiße Trockenheit gegeben, die uns beide versengte. Jetzt spürte ich eine beginnende Feuchtigkeit.

Ach, wie unglaublich müde ich bin. Ich wünschte mir jetzt, all das zu unterbrechen und – nur zur Zerstreuung und Erholung – in diesen mühevollen Bericht eine ganz vortreffliche Geschichte einzuflechten, eine Geschichte, die ich neulich gehört habe über den Grund, der zur Trennung eines Ehepaars geführt hatte. Oh, ich kenne viele interessante Geschichten. Und um auszuruhen, könnte ich auch über die Tragödie sprechen. Ich kenne Tragödien.

Der Schweißausbruch verschaffte mir Erleichterung. Ich schaute nach oben, zur Decke. Im Spiel der Lichtstrahlen hatte sich die Decke gerundet und in etwas verwandelt, das mich an ein Gewölbe erinnerte. Das Beben der Hitze war wie das Beben eines gesungenen Oratoriums. Einzig und allein mein Gehör konnte es aufnehmen. Ein mit geschlossenem Mund gesungenes Lied, ein Ton, der geräuschlos bebte wie einer, der gefangen ist und zurückgehalten wird, amen, amen. Ein Dankeslied für den Mord an einem Wesen durch ein anderes Wesen.

Ein Mord aus tiefster Seele heraus: der Mord, der eine Art von Beziehung darstellt, eine Form, ein Wesen durch ein anderes zu existieren, eine Weise, uns zu sehen und uns zu besitzen, und wir selbst zu sein, ein Mord, bei dem es weder Opfer noch Henker gibt, aber eine Verbindung durch gegenseitige Grausamkeit. Mein ursprünglichster Kampf um das Leben. »Verloren in der sengenden Hölle eines Cañons, kämpft eine Frau verzweifelt um ihr Leben.«

Ich wartete, daß dieser lautlose und verhaltene Ton aufhörte. Aber das kleine Zimmer dehnte sich immer mehr aus, die Schwingungen des stummen Oratoriums dehnten es bis zum Riß in der

Decke. Das Oratorium war kein Gebet: es erbat nichts. Passion in Form eines Oratoriums.

Die Schabe spie plötzlich aus ihrem Spalt noch einen weißen, weichen Klumpen aus.

– Ach! wen kann ich denn um Hilfe bitten, wenn auch du – dabei dachte ich an einen Mann, der einst mir gehört hatte – wenn auch du mir jetzt nicht helfen könntest. Denn genau wie ich wolltest auch du das Leben transzendieren, und bist so darüber hinausgegangen. Ich aber werde es jetzt nicht mehr transzendieren können, ich werde mich ihm stellen müssen, und ich werde gehen ohne dich, den ich um Hilfe bitten wollte. Bete für mich, meine Mutter, denn nicht zu transzendieren ist ein Opfer, und zu transzendieren entsprach früher meinem menschlichen Streben nach Erlösung – zu transzendieren hatte einen unmittelbaren Zweck. Transzendieren bedeutet Übertretung. Aber innerhalb der Grenzen dessen zu bleiben, was ist, erfordert, keine Angst zu haben!

Und ich, ich werde innerhalb der Grenzen dessen bleiben müssen, was ist.

Es gibt etwas, das gesagt werden muß, spürst du nicht, daß es etwas gibt, das man erfahren sollte? oh, selbst wenn ich es später doch transzendieren muß, selbst wenn später das Transzendieren so unaufhaltsam aus mir strömt wie der Atem aus einem Lebewesen.

Aber werde ich es, nach dem, was ich weiß, hinnehmen können wie einen Atemhauch – oder wie einen Pesthauch? nein, nicht wie einen Pesthauch, ich habe Erbarmen mit mir! wenn das Transzendieren zu meinem Schicksal wird, dann möchte ich, daß es zu dem Atem wird, der aus dem eigenen Mund kommt, aus dem Mund, der existiert, und nicht aus einem falschen Mund, der an einem Arm oder auf dem Kopf klafft.

Mit höllischer Freude fühlte ich mich nahe daran zu sterben. Ich begann zu spüren, daß dieser mein ungeheurer Schritt unwiderruflich war und daß ich mein menschliches Heil nach und nach aufgab. Ich spürte, daß mein Inneres, obwohl es weiche, weiße Materie war, gleichwohl die Kraft besaß, mein schönes silbernes Gesicht bersten zu lassen, adieu, Schönheit dieser Welt. Eine Schönheit, die mir jetzt fernliegt und die ich nicht mehr will – ich stehe da, unfähig, die Schönheit länger wollen zu können – vielleicht hatte ich sie niemals richtig gewollt, aber es war so wohltuend! ich erinnere mich, wie wohltuend das Spiel mit der Schönheit war, die Schönheit war eine unablässige Verwandlung.

Dennoch verabschiede ich mich mit höllischer Erleichterung von ihr. Was aus dem Bauch der Schabe kommt, läßt sich nicht transzendieren – ach, ich will nicht behaupten, es sei das Gegenteil von Schönheit, ›Gegenteil von Schönheit‹ ergibt nicht den geringsten Sinn – was aus der Schabe herauskommt ist: ›heute‹, gebenedeit sei die Frucht deines Leibes – ich will die unmittelbare Gegenwart, ohne sie mit einer Zukunft auszustatten, die sie erlöste, und auch ohne jegliche Hoffnung – denn was die Hoffnung bislang in mir bewirkt hatte, war nur, die unmittelbare Gegenwart wie durch einen Zauber zu vertreiben.

Aber ich will viel mehr als das: ich will die Erlösung im Heute finden, im Jetzt, in der gegenwärtigen Realität und nicht im Versprechen, ich will die Freude in diesem Augenblick finden – ich will den Gott finden in dem, was aus dem Bauch der Schabe quillt – selbst wenn das nach meinem früheren menschlichen Empfinden das Schlimmste bedeutet und nach menschlichem Ermessen der Hölle gleichkommt.

Ja, das wollte ich. Aber gleichzeitig hielt ich mir mit beiden Händen den Magen: »ich kann nicht!« flehte ich zu einem anderen Mann, der auch niemals fähig gewesen war noch jemals fähig sein würde. Ich kann nicht! ich will nicht wissen, woraus das besteht, was ich bislang als ›das Nichts‹ bezeichnet hatte! ich will nicht das Salz der Schabenaugen in meinem zarten Mund spüren, denn ich, Mutter, ich bin an gut durchtränkte Schichten gewöhnt und nicht an die einfache Feuchtigkeit des Dinges.

Als ich an das Salz der Schabenaugen dachte, begriff ich seufzend wie jemand, der gezwungen wird, noch einen Schritt zurückweichen, daß ich immer noch die alte menschliche Schönheit brauchte: das Salz.

Auch auf die Schönheit des Salzes und auf die Schönheit der Tränen würde ich verzichten müssen. Auch das, denn das, was ich sah, ging dem Menschlichen noch voraus.

Denn das, was ich sah, ging dem Menschlichen noch voraus.

Nein, in diesen Augen gab es kein Salz. Ich wußte genau, daß die Augen der Schabe salzlos waren. Für das Salz war ich immer empfänglich gewesen, das Salz war die Transzendenz, derer ich mich bediente, um einen Geschmack empfinden und um vor dem fliehen zu können, was ich ›nichts‹ nannte. Für das Salz war ich empfänglich, auf das Salz hatte ich mein gesamtes Dasein gebaut. Aber was mein Mund nicht zu verstehen vermochte – war das Salzlose. Was ich überhaupt nicht kannte –, war das Neutrale.

Und das Neutrale war das Leben, das ich vorher ›das Nichts‹ genannt hatte. Das Neutrale war die Hölle.

Die Sonne war ein Stück gewandert und hatte sich nun auf meinen Rücken geheftet. Auch die zweigeteilte Schabe war der Sonne ausgesetzt. Ich kann nichts für dich tun, Schabe. Ich will nichts für dich tun.

Es ging auch nicht mehr darum, etwas zu tun: der neutrale Blick der Schabe sagte mir, daß es nicht darum ging, und ich wußte es. Nur, daß ich es nicht ertrug, einfach nur sitzen zu bleiben und dazusein, deshalb wollte ich handeln. Handeln wäre zu transzendieren, zu transzendieren wäre ein Ausweg.

Aber nun war der Augenblick gekommen, in dem es nicht mehr darum ging. Denn die Schabe wußte nichts von Hoffnung oder Mitleid. Wäre sie nicht eingeklemmt und wäre sie größer als ich, sie würde mich, von neutraler Lust ergriffen, töten. Genauso wie das gewaltsame Neutrale ihres Lebens es zuließ, daß ich, weil ich nicht eingeklemmt und weil ich größer war als sie, daß ich sie tötete. Das war diese gelassene und neutrale Art von Grausamkeit der Wüste, in der wir uns befanden.

Und ihre Augen waren salzlos, nicht salzig, wie ich es gerne gewollt hätte: Salz wäre Empfindung und Wort und Geschmack. Ich wußte, daß das Neutrale der Schabe genauso geschmacklos wie ihre weiße Masse war. Indem ich dasaß, erlangte ich Beständigkeit. Dasitzend, beständig, erfuhr ich, daß, wenn ich die Dinge nicht durch salzig oder süß, traurig oder lustig, schmerzhaft oder gar durch noch feinere Unterscheidungen kennzeichnen würde – daß ich erst dann auf das Transzendieren verzichtet hätte und bei dem Ding selbst geblieben wäre.

Dieses Ding, dessen Namen ich nicht weiß, war das Ding, das ich, während ich die Schabe ansah, schon ohne Namen nennen konnte. Die Berührung mit diesem Ding ohne Eigenschaften und Merkmale rief Ekel in mir hervor, das lebendige Ding, das weder Namen noch Geschmack noch Geruch besaß, war ekelerregend. Fadheit: der Geschmack war jetzt nur noch herb: mein eigener Nachgeschmack. Einen Augenblick verspürte ich eine Art schwankenden Glücks im ganzen Körper, eine schreckliche wohltuende Übelkeit, in der meine Beine nachzugeben schienen, wie immer, wenn die Wurzeln meiner unbekannten Identität berührt wurden.

Ach, wenigstens war ich schon so weit mit der Natur der Schabe vertraut, daß ich nichts mehr für sie tun wollte. Ich war im Begriff, mich von meiner Moralität zu befreien, und das war eine Katastrophe ohne viel Lärm und Tragik.

Die Moralität. Ob es wohl einfältig wäre, zu glauben, die moralische Frage in bezug auf die anderen bestünde darin, zu handeln, wie man handeln soll, und in bezug auf sich selbst zu empfinden, was man empfinden sollte? Bin ich moralisch, wenn ich tue, was ich tun soll, und empfinde, was ich empfinden soll? Plötzlich kam mir die moralische Frage nicht nur erdrückend, sondern auch äußerst kleinlich vor. Damit wir uns danach richten könnten, müßte die Frage der Moral nicht nur weniger fordernd, sondern auch viel umfassender sein. Denn als Ideal ist sie sowohl geringfügig als auch unerreichbar. Geringfügig, falls man sie erfüllt; unerreichbar, falls man sie nicht einmal erfüllen kann. »Das Ärgernis ist noch erforderlich, aber wehe dem, von dem das Ärgernis ausgeht« – stand das im Neuen Testament? Die Lösung mußte ein Geheimnis bleiben. Die Ethik der Moral besteht darin, sie verborgen zu halten. Freiheit ist ein Geheimnis.

Wenn ich auch weiß, daß, obwohl verborgen, Freiheit von Schuld nicht erlöst. Aber es ist notwendig, sich über die Schuld zu erheben. Der allerkleinste göttliche Teil von mir ist größer als meine menschliche Schuld. Der Gott ist größer als meine wesentliche Schuld. Also ziehe ich den Gott meiner Schuld vor. Nicht, um mich zu entschuldigen oder zu fliehen, sondern weil die Schuld mich kleinlicher macht.

Ich wollte schon nichts mehr für die Schabe tun. Ich hatte begonnen, mich von meiner Moralität zu befreien – obwohl es Angst, Neugierde und Faszination in mir hervorrief; vor allem große Angst. Ich werde nichts für dich tun, auch ich bewege mich auf allen vieren fort. Ich werde nichts für dich tun, weil ich den Sinn der Liebe nicht mehr begreife, wie ich ihn vorher zu begreifen glaubte. Auch von dem, was ich über die Liebe dachte, auch von dem verabschiede ich mich nun, fast weiß ich schon nicht mehr, was das ist, ich kann mich nicht mehr daran erinnern.

Vielleicht finde ich einen anderen Namen, der zu Beginn um vieles grausamer und um vieles zutreffender wäre. Vielleicht finde ich ihn auch nicht. Ist es Liebe, wenn man der Identität der Dinge keinen Namen gibt?

Aber jetzt weiß ich etwas Schreckliches: ich weiß, was Not ist, Not, Not. Es ist eine neue Form von Not, und zwar auf einer Ebene, die ich nur als neutral und schrecklich bezeichnen kann. Es ist eine Not ohne jegliches Mitleid mit meiner eigenen Not und ohne Mitleid mit der Not der Schabe. Ich saß da, reglos, schweißgebadet, genau wie jetzt – und ich begreife, daß es etwas viel Ernsteres, Schicksalhafteres und Tieferes gibt als all das, was ich gewohnt war, beim Namen zu nennen. Ich, die ich meine Hoffnung auf Liebe Liebe zu nennen pflegte.

Aber jetzt, in dieser neutralen, unmittelbaren Gegenwart der Natur und der Schabe und des wachen Schlafs meines Körpers, jetzt will ich die Liebe erfahren. Und ich will wissen, ob die Hoffnung nicht mehr als eine kluge Anpassung an das Unmögliche war. Oder ob sie ein Aufschub dessen war, was sofort möglich gewesen wäre – und was ich nur aus Angst nicht habe. Ich will die Zeit in der Gegenwart, die kein Versprechen ist, sondern die ist, die bereits begonnen hat, zu sein. Das ist der tiefe Kern dessen, was ich will und fürchte. Das ist der Kern, den ich niemals gewollt habe.

Die Schabe berührte mich mit ihrem dunklen Blick, den facettierten, glänzenden und neutralen Augen.

Und jetzt ließ ich allmählich zu, daß sie mich berührte. In Wahrheit hatte ich mich mein ganzes Leben lang gegen den geheimen Wunsch gesträubt, mich von etwas berühren zu lassen – und ich hatte gekämpft, weil ich nicht in der Lage war, den Tod dessen zu akzeptieren, das ich meine Güte nannte; den Tod der menschlichen Güte. Aber jetzt wollte ich nicht mehr dagegen ankämpfen. Es mußte eine Güte geben, die so verschieden war, daß sie mit Güte nichts mehr gemein hatte. Ich wollte nicht länger kämpfen.

Aus Ekel, Verzweiflung und Mut gab ich nach. Es war zu spät geworden, und jetzt wollte ich.

Wollte ich wirklich nur in diesem Augenblick? Nein, denn sonst wäre ich schon viel früher aus dem Zimmer gegangen oder spätestens dann, als ich die Schabe gesehen hatte – wie viele Male hatten die Schaben früher meinen Weg gekreuzt und ich hatte einen Ausweg gesucht? Ich gab nach, aber voller Angst und innerer Zerrissenheit.

Ich dachte, wenn das Telefon klingeln würde, dann müßte ich den Hörer abnehmen und könnte noch gerettet werden! Aber wie an eine versunkene Welt erinnerte ich mich daran, daß ich das Telefon abgestellt hatte. Hätte ich es nicht getan, dann würde es klingeln und ich könnte aus dem Zimmer fliehen, um den Hörer abzunehmen, und nie, oh, nie mehr würde ich zurückkehren.

– Ich habe an dich gedacht, daran, wie ich dein Männergesicht geküßt habe, langsam, ganz langsam geküßt habe, und als der Augenblick kam, deine Augen zu küssen, erinnere ich mich an das Salz in meinem Mund und daran, daß das Salz der Tränen in deinen Augen meine Liebe zu dir war. Was mich aber in dieser erschrockenen Liebe noch mehr entflammen ließ, war deine in der tiefsten Tiefe des Salzes salzlose, unschuldige und kindliche Substanz: bei meinem Kuß wurde mir dein ungeheuer salzloses Leben geschenkt, und dein Gesicht zu küssen, war die schale und geduldige Kleinarbeit der Liebe, war die Frau, die einen Mann formt, so wie du mich geformt hattest, das neutrale Handwerk des Lebens.

Das neutrale Handwerk des Lebens.

Da ich eines Tages den im Salz der Tränen salzlosen Rest geküßt hatte, wurde die fehlende Vertrautheit des Zimmers auf einmal als etwas bereits Erlebtes erkennbar. War sie vorher nicht erkannt worden, dann nur deshalb, weil sie in der Tiefe meines salzlosen Blutes als salzlos erlebt worden war. Jetzt war mir alles wieder vertraut. Die Figuren an der Wand – aufgrund einer neuen Form des Sehens erkannte ich sie wieder. Auch die Wachsamkeit der Schabe erkannte ich wieder. Die Wachsamkeit der Schabe war lebendes Leben, war mein eigenes, wachsames, sich erlebendes Leben.

Suchend griff ich in die Taschen meines Morgenrocks, fand eine Zigarette und Streichhölzer, zündete sie an.

In der Sonne wurde die weiße Masse der Schabe allmählich trocken und leicht gelblich. Daran merkte ich, daß eine längere Zeit verstrichen war, als ich gedacht hatte. Für einen Augenblick verdeckte eine Wolke die Sonne, und plötzlich sah ich dasselbe Zimmer ohne Sonnenlicht.

Es war nicht dunkel, nur dieses Licht war weg. Da begriff ich, daß das Zimmer an sich da war, daß es nicht aus Sonnenglut bestand, sondern auch kühl und ruhig sein konnte wie der Mond. Als ich mir die Ermöglichung seiner Mondscheinnacht vorstellte, atmete ich so tief ein, als tauchte ich in das stille Wasser eines Teichs. Obwohl mir bewußt war, daß das Zimmer ebensowenig aus dem kalten Mond bestand. Das Zimmer war an sich. Es war die erhabene Monotonie einer atmenden Ewigkeit. Das ängstigte mich. Erst wenn ich mit der Welt eins wäre, würde die Welt mich nicht mehr ängstigen. Wenn ich die Welt wäre, hätte ich keine Angst. Wenn wir mit der Welt eins sind, werden unsere Bewegungen von einem empfindlichen Radarsystem gesteuert, das uns leitet.

Als die Wolke vorbeigezogen war, wurde die Sonne im Zimmer noch heller und klarer.

Hin und wieder, für den Bruchteil einer Sekunde, bewegte die Schabe ihre Fühler. Ihre Augen sahen mich weiterhin monoton an, diese zwei furchtbaren neutralen Ovarien. In ihnen erkannte ich meine zwei anonymen neutralen Ovarien wieder. Und ich wollte es nicht, ach, wie sehr ich es nicht wollte!

Ich hatte das Telefon abgestellt, aber vielleicht würde jemand an der Tür läuten, und ich wäre frei! Die Bluse! die Bluse, die ich gekauft hatte, sie hatten doch gesagt, sie würden sie vorbeibringen, und dann würde es läuten!

Nein, es würde nicht läuten. Ich sollte den Prozeß des Wiedererkennens fortsetzen. Und in der Schabe erkannte ich das Salzlose von damals wieder, als ich schwanger war.

– Ich erinnerte mich, wie ich durch die Straßen lief und bereits wußte, daß ich die Abtreibung machen würde, Doktor, ich, die ich von Kindern nur wußte und wissen würde, daß mir eine Abtreibung bevorstand. Aber wenigstens kannte ich die Schwangerschaft. Während ich durch die Straßen lief, spürte ich in mir das Kind, das sich noch nicht bewegte, und blieb stehen, um in den Schaufenstern die lächelnden Wachspuppen zu betrachten. Und als ich ins Restaurant ging, um zu essen, öffneten sich die Poren eines Kindes wie ein gieriges Fischmaul. Als ich weiterlief, als ich weiterlief, schleppte ich es mit.

Im Laufe der unendlichen Stunden, während ich durch die Straßen gelaufen war, um eine Entscheidung über die Abtreibung herbeizuführen, über die mit Ihnen, Doktor, schon entschieden worden war, in diesen Stunden waren meine Augen sicherlich auch salzlos. Auf der Straße war auch ich nichts weiter als Tausende von zitternden Härchen eines neutralen Protozoons, ich kannte bereits an mir selbst den glänzenden Blick einer Schabe, die in der Mitte ihres Körpers erfaßt worden ist. Mit ausgetrockneten Lippen war ich durch die Straßen gelaufen, und zu leben, Doktor, war für mich die Kehrseite eines Verbrechens. Schwangerschaft: ich war in den freudigen Schrecken des neutralen Lebens, das lebt und sich fortbewegt, versetzt worden.

Und während ich die Schaufenster betrachtete, Doktor, mit Lippen, die so trocken waren wie die eines Menschen, der nicht durch die Nase atmet, während ich die starren, lächelnden Schaufensterpuppen anschaute, war ich voll neutralen Planktons, lautlos und dem Ersticken nahe öffnete ich den Mund, ich hatte es Ihnen ja gesagt: »Am beschwerlichsten, Doktor, ist, daß ich so schwer atmen kann.« Das Plankton gab mir meine Farbe, der Rio Tapajós ist grün, weil sein Plankton grün ist.

Nach Anbruch der Dunkelheit lag ich auf dem Bett und entschied über die Abtreibung, die schon längst entschieden war; da lag ich mit meinen Tausenden von facettierten Augen, die die Dunkelheit ausspähten, mit Lippen, die vom Atmen geschwärzt waren, ohne einen Gedanken, ohne einen Gedanken, mit mir ringend, mit mir ringend: in diesen Nächten wurde mein ganzer Körper von meinem eigenen Plankton langsam schwarz, so wie die Masse der Schabe gelblich wurde, und mein allmähliches Schwarzwerden zeigte die verstreichende Zeit an. Und all das sollte die Liebe zum Kind sein?

Wenn es das war, dann ist Liebe weitaus mehr als Liebe: Liebe ist schon lange vor der Liebe: sie ist kämpfendes Plankton, und sie ist die große, lebendige, kämpfende Neutralität. So wie das Leben in der Schabe, die in ihrer Mitte eingeklemmt worden war.

Diese Angst, die ich immer vor dem Schweigen hatte, aus dem das Leben besteht. Die Angst vor dem Neutralen. Das Neutrale war meine tiefste und lebendigste Wurzel – ich sah die Schabe an und begriff. Bis zu dem Augenblick, in dem ich die Schabe sah, hatte ich immer dem, was ich erlebte, einen Namen gegeben, sonst wäre ich verloren gewesen. Um dem Neutralen zu entfliehen, hatte ich schon vor langem das Sein durch die *persona*, durch die menschliche Maske, ersetzt. Indem ich mich vermenschlicht hatte, war ich der Wüste entkommen.

Ja, ich war der Wüste entkommen, aber gleichzeitig hatte ich sie auch verloren! und ich hatte auch die Wälder und die Luft verloren, und den Embryo in mir hatte ich verloren.

Doch nun war sie da, die neutrale Schabe, ohne einen Namen des Schmerzes oder der Liebe. Die einzige Unterscheidung in ihrem Leben war die, daß sie entweder männlich oder weiblich war. Ich hatte sie mir nur als weiblich vorgestellt, denn was in der Mitte des Körpers zusammengepreßt wird, ist weiblich.

Ich drückte den Zigarettenstummel aus, der mir schon die Finger verbrannte, drückte ihn gewissenhaft mit dem Pantoffel auf dem Boden aus und kreuzte die schweißnassen Beine; ich hatte nie gedacht, daß Beine so sehr schwitzen können. Wir zwei, die lebendig Begrabenen. Hätte ich den Mut, würde ich der Schabe den Schweiß trocknen.

Ob sie wohl etwas in sich spürte, das dem entsprach, was mein Blick in ihr sah? inwieweit machte sie sich ihr eigenes Selbst zunutze und inwieweit benutzte sie das, was war? ob ihr wenigstens auf indirekte Weise bewußt war, daß sie sich kriechend fortbewegte? oder ist Kriechen etwas, von dem man selbst nicht weiß, daß man es tut? Was wußte ich von dem, was die anderen offensichtlich in mir sahen? wie sollte ich wissen, ob nicht auch ich mich fortbewegte, indem ich mit dem Bauch den Staub der Erde berührte? Hat die Wahrheit keine Zeugen? ist Sein nicht Wissen? Wenn der Mensch nicht schaut und nicht sieht, existiert die Wahrheit dann trotzdem? Die Wahrheit, die sich nicht einmal dem offenbart, der sieht. Ist das das Geheimnis, eine Person zu sein?

Wenn ich jetzt, in diesem Augenblick, nachdem alles vorbei ist, will, kann ich noch verleugnen, daß ich gesehen habe. Dann werde ich niemals etwas von der Wahrheit erfahren, die ich von neuem zu durchleben versuche – noch hängt es von mir ab!

Ich betrachtete das trockene weiße Zimmer, von dem aus ich nur den Sand, der von dem Einsturz herrührte, sah, übereinandergehäufte Berge von Sand. Das Minarett, auf dem ich stand, war aus hartem Gold. Ich befand mich auf hartem Gold, das nicht aufnimmt. Und ich hatte es bitter nötig, aufgenommen zu werden. Ich hatte Angst.

– Mutter: ich habe ein Leben getötet, und es gibt keine Arme, die bereit sind, mich aufzunehmen, jetzt und in der Stunde unserer Einöde, amen. Mutter, alles hat sich jetzt in hartes Gold verwandelt. Ich habe eine Ordnung zerstört, Mutter, und das ist schlimmer als töten; es hat mich auf einen Abweg geführt, der mir zeigte, schlimmer als der Tod, der mir zeigte, wie das zähflüssige neutrale Leben langsam gelblich wurde. Die Schabe ist am Leben, und ihr Blick ist befruchtend, ich habe Angst vor der Tonlosigkeit meiner Stimme, Mutter.

Denn meine stumme Tonlosigkeit war bereits die Tonlosigkeit dessen, der eine sanfte Hölle genießt.

Die tonlose Stimme dessen, der Wollust empfindet. Die Hölle tat mir gut, ich genoß den Anblick jenes weißen Blutes, das ich vergossen hatte. Die Schabe ist Wirklichkeit, Mutter. Sie ist nicht mehr die Vorstellung einer Schabe.

– Mutter, was ich getan habe, war nur Tötenwollen, aber sieh mal, was ich zerbrochen habe: ich habe eine Hülle zerbrochen! Töten ist auch deshalb verboten, weil man dabei die harte Hülle zerbricht und dann das klebrige Leben in Händen hält. Aus dem Inneren der Hülle kommt ein zähflüssiges, weißes Herz zutage, so lebendig wie Eiter, Mutter, gebenedeit seist du unter den Schaben, jetzt und in der Stunde dieses meines Todes, Schabe und edles Juwel.

Als ob das Aussprechen des Wortes ›Mutter‹ auch in mir eine

zähflüssige weiße Masse freigesetzt hätte, hörte das intensive Beben des Oratoriums plötzlich auf, und im Minarett wurde es still. Wie nach einem heftigen, krampfartigen Erbrechen fühlte sich meine Stirn frei und frisch und kühl an. Nicht einmal mehr die Angst, nicht einmal mehr den Schrecken.

Nicht einmal mehr die Angst, nicht einmal mehr den Schrecken.

Hatte ich die letzten Reste meines Menschseins ausgespieen? Ich verlangte keine Hilfe mehr. Die Wüste des Tages lag vor mir. Jetzt hob das Oratorium von neuem an, aber auf andere Weise, jetzt war das Oratorium der dumpfe Ton der Hitze, die sich an Wänden und Decken und rundem Gewölbe brach. Das Oratorium bestand aus dem Beben schwüler Wärme. Und auch meine Angst war jetzt eine andere: es war nicht die Angst dessen, der erst noch eintreten wird, sondern die weitaus größere Angst desjenigen, der bereits eingetreten ist.

Weitaus größere Angst: Angst vor meiner fehlenden Angst.

Zitternd schaute ich also die Schabe an. Und ich sah: für die anderen Arten war es ein Tier ohne Schönheit. Und bei seinem Anblick kehrte plötzlich die alte kleine Angst zurück, wenn auch nur für einen kurzen Augenblick: »ich schwöre, ich werde alles tun, was ihr wollt! aber sperrt mich nicht in das Zimmer der Schabe ein, denn etwas Ungeheueres wird mir geschehen, ich will die anderen Arten nicht! ich will nur die Menschen.«

Während meines kleinen Rückfalls hatte sich das Oratorium jedoch nur noch mehr verstärkt, und dann, ohne weitere Anstalten zu machen, um mir zu helfen, wurde ich ruhig. Ich hatte mich selbst bereits aufgegeben – fast konnte ich am Anfang des zurückgelegten Weges den Körper sehen, den ich abgestreift hatte. Aber einen Augenblick rief ich ihn noch, rief ich noch nach mir. Und weil ich meine Antwort nicht mehr hörte, wußte ich, daß ich mich schon außerhalb der Reichweite meiner selbst zurückgelassen hatte.

Ja, für die anderen Arten war die Schabe ein Tier ohne Schönheit. Der Mund: hätte er Zähne, müßten es große, gelbe, quadratische Zähne sein. Wie ich das Sonnenlicht hasse, das alles enthüllt, sogar das Mögliche. Mit dem Zipfel des Morgenrocks trocknete ich mir die Stirn, doch ohne die Augen der Schabe aus den Augen zu lassen; meine eigenen Augen hatten auch dieselben Wimpern, sah ich. Aber deine Augen berührt niemand, du Unreine. Nur eine andere Schabe könnte diese Schabe wollen.

Und mich – wer würde mich heute wollen? wer war bereits ebenso verstummt wie ich? wer gab, wie ich, der Angst den Namen

Liebe? und wer nannte bereits das Wollen Liebe? und die Not Liebe? Wer wie ich wußte, daß sich seine Form nie verändert hatte, seitdem man mich auf die steinerne Wand einer Höhle gezeichnet hatte? an der Seite eines Mannes und neben einem Hund?

Von nun an könnte ich alles mit dem Namen bezeichnen, der mir einfiele: in diesem trockenen Zimmer wäre es möglich, denn ein Name war so gut wie jeder andere auch, da sowieso keiner der richtige war. In den hohlen Klängen des Gewölbes könnte alles mit jedem beliebigen Namen gerufen werden, weil sich alles in dieselbe bebende Stummheit verwandeln würde. Die weitaus größere Natur der Schabe würde bewirken, daß alles, was da hereinkäme – egal ob Name oder Person – seine falsche Transzendenz verlöre. So daß ich ausschließlich und deutlich nur das weiße Erbrochene ihres Körpers sah: ich sah nur Tatsachen und Dinge. Ich wußte, daß ich bei dem unteilbaren Kern angelangt war, obwohl ich nicht wußte, was der unteilbare Kern ist.

Aber ich wußte auch, daß ich mich nicht damit entschuldigen konnte, das Gesetz der Unteilbarkeit nicht zu kennen. Auch wenn ich mich darauf beriefe, das Gesetz nicht zu kennen, würde das für mich keine Entschuldigung mehr sein – denn sich selbst und die Welt zu erkennen, ist das Gesetz, das, wenngleich es auch unerfüllbar bleibt, nicht übertreten werden darf, und niemand kann sich damit entschuldigen, es nicht zu kennen. Schlimmer noch: die Schabe und ich unterstanden keinem Gesetz, dem wir Gehorsam schuldeten: wir selbst waren das unbekannte Gesetz, dem wir gehorchten. Die sich stets wiederholende Erbsünde ist die: ich muß mein unbekanntes Gesetz einhalten, denn sobald ich meine Unkenntnis nicht erfülle, versündige ich mich ursprünglich am Leben.

Im Garten des Paradieses, wer war da das Ungeheuer und wer war es nicht? zwischen den Häusern und Appartements und in den tiefen Schluchten zwischen den emporragenden Gebäuden, in diesem hängenden Garten – wer ist es und wer ist es nicht? Wie lange werde ich es noch ertragen, noch nicht einmal das zu kennen, was mich anschaut? die unförmige Schabe schaut mich an, und ihre Gesetzmäßigkeiten wissen um die meinen. Ich spürte, daß ich mich der Erkenntnis näherte.

– Verlaß mich nicht in dieser Stunde, laß mich nicht allein diese bereits getroffene Entscheidung treffen. Sicher, sicher hatte ich noch den Wunsch, mich in meine eigene Zerbrechlichkeit zu flüchten und das listige, wenngleich wahre Argument anzuführen, daß meine Schultern doch die schwachen, zarten Schultern einer Frau seien. Immer wenn es mir paßte, hatte ich mich mit dem Argument entschuldigt, eine Frau zu sein. Aber ich wußte wohl, daß nicht nur eine Frau Angst hat zu sehen, jeder hat Angst, Gott zu erkennen.

Ich hatte Angst vor SEINEM, Gottes, Antlitz, ich hatte Angst vor meiner endgültigen Nacktheit an der Wand. Die Schönheit, diese neue Abwesenheit von Schönheit, die nichts mehr gemein hatte mit dem, was ich vorher Schönheit zu nennen pflegte, erschreckte mich sehr.

– Gib mir deine Hand, denn ich weiß nicht mehr, wovon ich rede. Ich glaube, ich habe das alles erfunden, nichts von dem hat wirklich existiert! Aber wenn ich erfunden habe, was mir gestern widerfahren ist – wer garantiert mir dann, daß ich nicht auch mein ganzes früheres Leben erfunden habe?

Gib mir deine Hand:

Gib mir deine Hand:

Ich werde dir jetzt erzählen, wie ich das Ausdruckslose fand, dem immer meine blinde und geheime Suche gegolten hatte. Wie ich das fand, was zwischen der Zahl eins und der Zahl zwei ist, wie ich die Verbindung von Mysterium und Feuer sah, welche eine verborgene Verbindung ist. Zwischen zwei Musiknoten gibt es eine Note, zwischen zwei Tatsachen gibt es eine Tatsache, zwischen zwei Sandkörnern, und seien sie auch noch so dicht beieinander, gibt es einen Zwischenraum, es gibt ein Empfinden, das zwischen den Empfindungen liegt – in den Zwischenräumen der ursprünglichen Materie verläuft die Verbindung von Mysterium und Feuer, die der Atem der Welt ist, und der fortwährende Atem der Welt ist das, was wir hören und dem wir den Namen Schweigen geben.

Daß es mir gelang, das geheimnisvolle sanfte Feuer dessen zu spüren, was ein Plasma ist, geschah nicht dadurch, daß ich irgendeine meiner Eigenschaften als Werkzeug einsetzte, sondern genau dadurch, daß ich mich all meiner Eigenschaften entledigte und nur meine innersten Kräfte walten ließ. Um so weit zu kommen, um in dieses grauenerregende Etwas einzutreten, das meine lebendige Neutralität ist, verließ ich meine menschliche Ordnung.

– Ich weiß, es ist schlimm, meine Hand zu halten. Es ist furchtbar, ohne Luft in diesem eingestürzten Bergwerk zu bleiben, in das ich dich ohne Mitleid mit dir, wohl aber aus Mitleid mit mir gebracht habe. Aber ich schwöre, daß ich dich lebend von hier wegbringen werde – selbst wenn ich lügen muß, selbst wenn ich verleugnen muß, was meine Augen gesehen haben. Ich werde dich von diesem Schrecken erlösen, in dem ich dich vorläufig noch brauche. Wie leid du mir jetzt tust, nachdem ich mich an dich geklammert habe. Du hast mir unschuldig die Hand gegeben, und nur weil ich sie festhielt, hatte ich den Mut, mich fallenzulassen. Doch versuche nicht, mich zu verstehen, leiste mir nur Gesellschaft. Ich weiß, daß deine Hand mich loslassen würde, wenn sie wüßte.

Wie soll ich dich entschädigen? Wenigstens solltest du mich auch benutzen, benutze mich wenigstens als dunklen Tunnel – und wenn du meine Dunkelheit durchquerst, wirst du auf der anderen Seite dir begegnen. Du wirst vielleicht nicht mir begegnen, da ich nicht weiß, ob ich hindurchgehe, aber du wirst dir begegnen. Zumindest bist du nicht allein, so wie ich es gestern war, gestern betete ich nur, um wenigstens lebend hier herauszukommen. Nein, nicht nur lebend – wie diese monströse Schabe sich ursprünglich lebend regte –, sondern auf geordnete Weise lebendig wie ein Mensch.

Die Identität – die Identität, die erste Inhärenz – war ich dabei, ihr nachzugeben? war es das, in das ich eingetreten war?

Die Identität ist mir verboten, ich weiß. Aber ich werde das Risiko eingehen, weil ich meiner zukünftigen Feigheit vertraue, und meine grundlegende Feigheit wird es sein, die aus mir wieder einen Menschen machen wird, der einer Ordnung untersteht.

Nicht nur durch meine Feigheit, sondern auch durch das Ritual, mit dem ich schon geboren wurde, werde ich meine Ordnung wiederfinden, so wie im neutralen Samen das Ritual des Lebens inhärent ist. Die Identität ist mir verboten, aber meine Liebe ist so groß, daß ich meinem Wunsch, in das geheimnisvolle Gewebe einzutreten, nicht widerstehen kann; in dieses Plasma, aus dem ich vielleicht nie wieder heraus kann. Mein Glaube aber ist so tief, daß ich selbst dann, wenn ich nicht mehr zurück kann, die Gewißheit habe, daß das Plasma des Gottes mich auch in meinem neuen unwirklichen Leben begleiten wird.

Ach, aber wie kann ich mir gleichzeitig wünschen, daß mein Herz sehe? wenn mein Körper so schwach ist, daß ich nicht einmal die Sonne ansehen kann, ohne daß meine Augen zu tränen beginnen – wie könnte ich da verhindern, daß mein Herz vor echten Tränen glänzt, wenn ich, weil ich nackt bin, die Identität spüre: den Gott? Mein Herz, das sich in tausend Mäntel gehüllt hat.

Die große neutrale Wirklichkeit dessen, was ich erlebte, überholte mich in ihrer absoluten Unbefangenheit. Ich fühlte mich nicht in der Lage, so wirklich zu sein wie die Wirklichkeit, die mich einzuholen begann – begann ich etwa widerstrebend eine Wirklichkeit zu erringen, die so nackt war wie das, was ich sah? Unterdessen erlebte ich diese ganze Wirklichkeit mit einem Gefühl der Unwirklichkeit der Wirklichkeit. Lernte ich nicht die Wahrheit, sondern den Mythos der Wahrheit kennen? Jedesmal, wenn ich der Wahrheit begegnet war, hatte ich den Eindruck eines unvermeidlichen Traums: dieser unvermeidliche Traum ist meine Wahrheit.

Ich versuche dir zu erklären, wie ich zu dem Neutralen und Ausdruckslosen meiner selbst gekommen bin. Ich weiß nicht, ob ich das, was ich sage, verstehe, aber ich fühle es – und dieses Fühlen fürchte ich sehr, denn es ist nur eine der Formen des Seins. Dennoch werde ich diese lähmende, schwüle Wärme, die zum Bersten voll ist vom Nichts, durchqueren und das Neutrale mit Hilfe des Fühlens verstehen müssen.

Das Neutrale. Ich spreche von dem wesentlichen Element, das die Dinge verbindet. Oh, nicht daß ich fürchte, daß du es nicht verstehst, aber ich fürchte, daß ich mich nicht richtig verstehe. Wenn ich selbst mich nicht verstehe, werde ich sterben an dem, von dem ich gleichwohl lebe. Jetzt laß mich dir sagen, was das Allerschrecklichste ist:

Ich war in den Bann des Dämonischen geraten.

Denn das Ausdruckslose ist teuflisch. Hat man die Hoffnung aufgegeben, wird das Leben zur Hölle. Hat man den Mut, sich von den Gefühlen zu lösen, entdeckt man das umfassende Leben eines äußerst erfüllten Schweigens, dasselbe, das in der Schabe vorkommt, dasselbe, das in den Sternen ist, dasselbe Schweigen, das in einem selbst ist – das Teuflische kommt *vor* dem Menschlichen. Angesichts dieser Allgegenwart verbrennt sich der Mensch, als sähe er Gott. Das vor-menschliche göttliche Leben ist von einer brennenden Allgegenwart.

Das vor-menschliche göttliche Leben ist von einer brennenden Allgegenwart.

Ich werde es dir sagen: ich hatte Angst vor dieser Art blinder und bereits entfesselter Freude, die begann, von mir Besitz zu ergreifen. Und Angst, mich zu verlieren.

Die Freude, sich zu verlieren, ist eine Sabbatfreude. Sich verlieren ist ein gefährliches Sichfinden. Ich war dabei, in dieser Wüste das Feuer der Dinge auszukosten: es handelte sich um ein neutrales Feuer. Ich lebte von dem Grundstoff, aus dem die Dinge bestehen. Und das war die Hölle, denn in der Welt, in der ich lebte, gibt es weder Mitleid noch Hoffnung.

Ich hatte mich an der Sabbatorgie beteiligt. Jetzt weiß ich, welch orgiastischen Ausschweifungen sie sich der Nachts im Dunkel der Berge hingeben. Ich weiß es! ich weiß es voller Schrecken: sie geben sich rückhaltlos den Dingen hin. Sie frönen dem Ding, aus dem alle Dinge gebildet sind – das ist die begierige Freude der schwarzen Magie. Von diesem Neutralen habe ich gezehrt – das Neutrale war die wahre Grundlage meiner Kultur. Ich machte immer weiter, ich genoß die Freude der Hölle.

Und die Hölle ist nicht die Folter des Schmerzes! sie ist die Folter einer wahren Freude.

Versuche mich zu verstehen, das Neutrale ist unerklärbar und lebendig: so wie Protoplasma, Samen oder Protein lebendig und neutral sind. Ich fühlte mich wie neugeboren, wie eine Eingeweihte. Es war, als wäre mein Gaumen zuvor von Salz und Zucker und meine Seele von Freude und Schmerz verdorben worden – es war, als wäre ich niemals in den Genuß des ursprünglichen Geschmacks gekommen. Und jetzt spürte ich den Geschmack des Nichts. Es war ein neuer Geschmack, wie der von Muttermilch, die nur dem Kind schmeckt, schnell hatte ich mich von meiner Geschmacksverirrung befreit. Mit der Zerstörung meiner Zivilisation und meiner Menschlichkeit – die eine große schmerzliche Sehnsucht in mir hervorrief – mit dem Verlust der Menschlichkeit erwachte eine Leidenschaft: ich begann, Geschmack an der Identität der Dinge zu finden.

Es ist sehr schwer, zu empfinden. Bisher ging ich mit einer solchen Vielzahl an Gefühlen schwanger, daß, als ich den Geschmack wirklicher Identität empfand, er mir so geschmacklos wie der Geschmack eines Regentropfens auf der Zunge vorkam. Und der, Liebster, schmeckt nach gar nichts.

Liebster, es ist wie ein ungeheuer fader Nektar – es ist wie Luft, die an sich geruchlos ist. Bis jetzt reagierten meine verirrten Sinne auf den Geschmack der Dinge überhaupt nicht. Aber mein frühzeitlichster teuflischster Durst hatte mich dazu verleitet, alles zu untergraben, was aufgebaut worden war. Der sündhafte Durst leitete mich – und jetzt weiß ich, daß die geheime Freude der Götter darin besteht, den Geschmack dieses Fast-Nichts zu spüren. Es ist ein Nichts, das der Gott ist – und das keinen Geschmack hat.

Aber es ist die ursprünglichste aller Freuden. Und nur sie, endlich, endlich! bildet den Gegenpol zum Pol der christlich-humanen Gefühlswelt. Durch den Antipol einer allerersten dämonischen Freude begriff ich verschwommen und zum ersten Male – daß es einen Gegenpol wirklich gab.

Von meiner eigenen Gefühlsvergiftung war ich geheilt, so weit geheilt, daß ich in das göttliche Leben eintreten konnte, das ein primäres Leben ohne jegliche Anmut war, ein so ursprüngliches Leben, als wäre es ein Manna, das vom Himmel fällt und nach nichts schmeckt: Manna ist wie Regen und hat keinen Geschmack. Auf diesen Geschmack des Nichts zu kommen, war meine Verdammnis und mein freudiger Schrecken.

Oh, du meine unbekannte Liebe, vergiß nicht, daß ich dort in dem eingestürzten Bergwerk festsaß und daß das Zimmer zu diesem Zeitpunkt schon eine unsägliche Vertrautheit ausstrahlte, die der wirklichen Vertrautheit des Traums glich. Und wie beim Traum kann ich dir seinen atmosphärischen Grundton nicht wiedergeben. Wie im Traum war die ›Logik‹ eine andere, es war eine, die beim Aufwachen keinen Sinn mehr ergibt, denn die tiefere Wahrheit des Traums geht verloren.

Aber erinnere dich, daß dies alles geschah, während ich wach und vom Tageslicht wie gelähmt war und die Wahrheit eines Traums sich ohne die narkotische Wirkung der Nacht vollzog. Schlafe mit mir wachend, denn nur dann wirst du von meinem großen Schlaf wissen und erkennen, was die lebendige Wüste ist.

Wie ich dort saß, überfiel mich plötzlich eine ungeheuer schwere Müdigkeit, eine Müdigkeit ohne jede Spur von Mattheit. Ein wenig mehr davon, und ich wäre zu Stein geworden.

Da legte ich mich vorsichtig, so, als wären Teile von mir schon gelähmt, auf die rauhe Matratze, und mit zusammengekrümmtem Körper schlief ich darauf genauso plötzlich ein, wie eine Schabe auf einer senkrechten Wand. Es war nicht der tiefe Schlaf eines Menschen: er hatte etwas vom Gleichgewichtssinn einer Schabe, die auf einer gekalkten Wandfläche sitzt und schläft.

Als ich aufwachte, stand eine Sonne im Zimmer, die noch weißer und kochender war als zuvor. Nach diesem Schlaf, an dessen leichter Oberfläche ich mich mit meinen kurzen Beinchen festgeklammert hatte, zitterte ich jetzt vor Kälte.

Bald jedoch ging diese Anwandlung vorüber, und der prallen Glut der Sonne völlig ausgeliefert, kämpfte ich erneut gegen das Ersticken an.

Es mußte schon nach zwölf sein. Noch bevor ich es mir überlegt hatte, und obwohl es nichts nützen würde, stand ich auf und versuchte, das weit geöffnete Fenster noch weiter aufzureißen, ich wollte atmen, selbst wenn es nur die Weite meines Blickfelds wäre, ich suchte eine Weite.

Ich suchte eine Weite.

Von diesem Zimmer, das in den Felsen eines Hauses gehauen war, vom Fenster meines Minaretts aus sah ich, soweit das Auge reichte, ein unübersehbares Meer von Dächern, die still in der Sonne glühten. Hochhäuser wie kauernde Dörfer. Ihre Gesamtfläche war größer als die Spaniens.

Hinter den felsigen Schluchten, zwischen dem Beton der Hochhäuser, sah ich das Elendsviertel am Hügel und eine Ziege, die langsam den Hügel hinaufkletterte. Dahinter erstreckten sich die Hochebenen Kleinasiens. Mein Standpunkt gab den Blick auf das Reich der Gegenwart frei. Das da war die Meerenge der Dardanellen. Weiter hinten die steilen Kämme. Deine majestätische Eintönigkeit. Sonnenüberflutet deine herrschaftliche Weite.

Und noch weiter hinten begann bereits der Sand. Die nackte brennende Wüste. Wenn die Dunkelheit hereinbrach, würde Kälte die Wüste verzehren, und man würde in ihr zittern, wie in einer Wüstennacht. In noch weiterer Ferne funkelte der salzige blaue See. Nach dieser Seite hin mußte also das Gebiet der großen Salzseen sein.

Unter den zitternden Wellen der feuchten Hitze die Eintönigkeit. Durch die Fenster der anderen Wohnungen und auf den Betonterrassen sah ich ein Kommen und Gehen von Schatten und Menschen wie die alten assyrischen Kaufleute. Sie feilschten um die Reichtümer Kleinasiens.

Vielleicht hatte ich die Zukunft ausgegraben – oder ich war bei vergangenen Tiefen angelangt, die in so weiter Ferne lagen, daß meine Hände, die sie ausgegraben hatten, es nicht begreifen konnten. Da stand ich nun, wie ein als Mönch verkleidetes Kind, ein schlaftrunkenes Kind. Aber ein inquisitorisches Kind. Von diesem hohen Fenster aus betrachtet die Gegenwart die Gegenwart. Dieselbe wie im zweiten Jahrtausend vor Christus.

Aber ich, ich war jetzt kein inquisitorisches Kind mehr. Ich war gewachsen und war so einfach geworden wie eine Königin. Könige, Sphinxe und Löwen – das ist die Stadt, in der ich lebe, und alle sind ausgestorben. Nur ich bin am Leben geblieben, eingeklemmt von einem der herabgestürzten Steine. Und weil das Schweigen aufgrund meiner Regungslosigkeit glaubte, ich sei tot, haben alle mich vergessen, sie gingen fort, ohne mich aus den Trümmern zu bergen, als Totgeglaubte mußte ich es mitansehen. Ich sah – während das Schweigen derjenigen, die tatsächlich gestorben waren, mich in Besitz nahm wie das Efeu den steinernen Löwen ins Maul wuchs.

Und weil ich selbst damals davon überzeugt war, unter dem herabgestürzten Stein, der auf meinen Gliedern lastete, schließlich vor Schwäche sterben zu müssen – sah ich wie jemand, der niemals darüber sprechen wird. Ich sah, kompromißlos wie jemand, der es nicht einmal sich selbst erzählen wird. Ich sah immer wie jemand, der es niemals nötig haben wird, das Gesehene zu verstehen. So wie die Natur einer Eidechse sieht: nicht einmal, um sich später erinnern zu müssen. Die Eidechse sieht – wie ein losgelöstes Auge sieht.

Vielleicht war ich der erste Mensch, der dieses Luftschloß betrat. Vielleicht hatte der letzte Troglodyt vor fünf Millionen Jahren an derselben Stelle, wo damals sicher ein Gebirge war, Ausschau gehalten. Durch die Erosion war es dann später zu einer leeren Fläche geworden, auf der von neuem Städte errichtet wurden, die ihrerseits auch wieder verschwanden. Heute ist dieser Boden weithin von unterschiedlichen Rassen bevölkert.

Ich stand am Fenster, und meine Augen ruhten bisweilen auf dem blauen See, der vielleicht nur ein Stück Himmel war. Schon bald aber wurde ich müde, denn das Blau bestand aus einer ungeheuren Lichtintensität. Da suchten meine geblendeten Augen in der nackten heißen Wüste Erholung, in der es wenigstens nicht die Härte einer Farbe gab. In drei Millionen Jahren würde das verborgene Erdöl aus diesem Sand hervorschießen: die Gegenwart eröffnete einer neuen Gegenwart gigantische Perspektiven.

Vorerst lebte ich jedoch im Schweigen dessen, was drei Millionen Jahre später zerstört und von neuem aufgebaut würde, was wieder zu Treppen, Kränen, Menschen und Bauten würde. Ich war dabei, die Vorgeschichte einer Zukunft zu erleben. Wie eine Frau, die niemals Kinder hatte, sie jedoch in drei Millionen Jahren haben wird, lebte ich schon heute von dem Erdöl, das in drei Millionen Jahren hervorschießen würde.

Wenn ich doch wenigstens bei Einbruch der Dunkelheit in das Zimmer gegangen wäre – heute nacht wird noch Vollmond sein, erinnerte ich mich, als mir das Fest auf der Terrasse letzten Abend einfiel –, ich würde den vollen Mond über der Wüste aufgehen sehen.

»Ach, ich will nach Hause zurück«, bat ich mich plötzlich, denn der Gedanke an den feuchten Mond erfüllte mich mit Sehnsucht nach meinem Leben. Aber von dieser Plattform aus erhaschte ich nicht den leisesten Schimmer einer Dunkelheit oder eines Mondes. Nur die Glut, nur den rastlosen Wind. Und für mich gab es keine Feldflasche mit Wasser, keine Schale mit Essen.

Aber wer weiß, vielleicht würde ich, noch bevor ein Jahr um wäre, einen Schatz finden, wie ihn sich niemand – auch ich nicht – vorzustellen gewagt hätte. Einen goldenen Kelch?

Denn ich war dabei, den Schatz meiner Stadt zu suchen.

Eine Stadt aus Gold und Stein, dieses Rio de Janeiro, dessen Einwohner unter der Sonne sechshunderttausend Bettler zählen. Der Schatz dieser Stadt würde vielleicht in einer der Gesteinslücken verborgen liegen. Aber in welcher? Diese Stadt benötigte unbedingt eine kartographische Darstellung.

Während ich meinen Blick in immer entferntere Höhen schweifen ließ, während er die steilsten Wände erklomm, lagen zu meinen Füßen gigantische Häuserblocks, die ein kompaktes Bild ergaben, das noch auf keiner Karte verzeichnet war. Mein Blick wanderte weiter, suchte auf dem Hügel nach den Resten einer Befestigungsmauer. Als er die Spitze des kleinen Hügels erreichte, ließ ich die Augen über das Panorama schweifen. Im Geiste zog ich einen Kreis um die Halbruinen der Elendsviertel und erkannte, daß sich dort früher das Leben einer Stadt abgespielt haben könnte, die so groß und hell war wie Athen während der Blütezeit und in der Kinder zwischen den Waren umherliefen, die auf der Straße feilgeboten wurden.

Meine Sichtweise war völlig unparteiisch: ich verließ mich ganz und gar auf das Offensichtliche und duldete nicht, daß artfremde Einflüsse meine Sicht und meine Schlußfolgerungen vorherbestimmten; ich war vollkommen vorbereitet, mich selbst zu überraschen. Selbst wenn das Offensichtliche allem widersprechen würde, was sich durch mein gelassenes Delirium bereits in mir verfestigt hatte.

Ich weiß – als einzige Zeugin kann ich es bezeugen –, daß ich am Anfang dieser meiner Sucharbeit nicht die leiseste Ahnung hatte, was für eine Sprache sich mir allmählich offenbaren würde, bis ich eines Tages Konstantinopel erreichen könnte. Aber ich war schon darauf gefaßt, im Zimmer die heiße und feuchte Jahreszeit unseres Klimas ertragen zu müssen und somit Schlangen, Skorpione, Taranteln und Tausende von Moskitos, die auftauchen, wenn eine Stadt zum Einsturz gebracht wird. Und ich wußte, daß ich bei der Arbeit auf offenem Feld mein Lager oft mit dem Vieh teilen müßte.

Aber jetzt versengte mich die Sonne noch am Fenster. Erst heute hatte die Sonne mich voll erreicht. Aber es war auch so, daß nur, wenn die Sonne mich voll und ganz erfaßte, weil ich mich erhoben hatte, ich eine Quelle des Schattens sein konnte – und in diesem Schatten würde ich kühle Krüge mit meinem Wasser aufbewahren.

Ich würde einen Gesteinsbohrer von zwölf Metern Länge, Kamele, Ziegen und Hammel und eine führende Ader im Gestein brauchen; außerdem müßte ich direkt die Weite als solche einsetzen, denn es wäre ja auch nicht möglich, den Reichtum an Sauerstoff, den es an der Oberfläche der Ozeane gibt, in einem einfachen Aquarium wiederzugeben.

Damit mein Arbeitseifer nicht nachließe, würde ich versuchen, nicht zu vergessen, daß die Geologen bereits wissen, daß es auf dem Grund der Sahara einen immensen See aus Trinkwasser gibt, ich erinnere mich, darüber gelesen zu haben; und selbst in der Sahara sind die Archäologen schon auf Haushaltsgegenstände und Überreste alter Siedlungen gestoßen: vor siebentausend Jahren, hatte ich gelesen, hatte sich in jener ›Region der Furcht‹ eine blühende Landwirtschaft entwickelt. Die Wüste birgt eine Feuchtigkeit, die es wiederzufinden gilt.

Wie sollte ich vorgehen? um die Dünen zu befestigen, müßte ich zwei Millionen grüne Bäume pflanzen, vor allem Eukalyptus – ich hatte die Angewohnheit, immer vor dem Einschlafen etwas zu lesen, und über die Eigenschaften des Eukalyptus hatte ich dabei einiges erfahren.

Zu Beginn der Arbeit dürfte ich vor allem nicht vergessen, mich auf den Irrtum vorzubereiten. Ich dürfte nicht vergessen, daß der Irrtum oftmals ein Weg für mich gewesen war. Ein jedes Mal, wenn das, was ich dachte oder fühlte, nicht zutraf, tat sich am Ende ein Weg auf, und wenn ich vorher den Mut aufgebracht hätte, wäre ich ihn bereits gegangen. Aber ich hatte schon immer Angst vor Delirium und Irrtum. Mein Irrtum indessen mußte der Weg einer Wahrheit sein: denn nur wenn ich irre, gehe ich über das hinaus, was ich kenne und was ich verstehe. Wenn die ›Wahrheit‹ dem entspräche, was ich verstehen kann – wäre es am Ende nur eine kleine Wahrheit, eine in meiner eigenen Größe.

Die Wahrheit muß genau in dem liegen, was ich niemals werde verstehen können. Und später, bin ich dann vielleicht in der Lage, mich zu verstehen? Ich weiß es nicht. Wird der Mensch der Zukunft uns so verstehen, wie wir heute sind? Zerstreut, mit dem Anflug einer zerstreuten Zärtlichkeit, wird er unseren Kopf tätscheln, wie wir es mit einem Hund tun, der zu uns kommt und uns mit stummen, bekümmerten Augen aus seiner Dunkelheit heraus anschaut. Er, der zukünftige Mensch, wird uns vielleicht streicheln und in gewisser Weise verstehen, so wie ich mich selbst später möglicherweise irgendwie verstehen werde, in Erinnerung an die Erinnerung einer bereits verlorenen Erinnerung an die Zeit des Schmerzes, in der ich nicht wußte, daß unsere Schmerzenszeit vorübergeht, wie ein Kind nicht immer Kind bleibt, da es ein im Wachsen begriffenes Wesen ist.

Gut, abgesehen davon, daß ich die Dünen mit Eukalyptus befestigen müßte, dürfte ich nicht vergessen, sollte es sich als notwendig erweisen, daß der Reis am besten im Brackwasser gedeiht, der hohe Salzgehalt fördert das Wachstum; auch das fiel mir dank meiner allabendlichen Lektüre, die ich mit Absicht so allgemein hielt, daß sie das Einschlafen erleichterte, wieder ein.

Und welche Geräte würde ich außerdem noch zum Graben brauchen? Spitzhacken, einhundertundfünfzig Spaten, Schachthaspeln, auch wenn ich nicht genau wußte, was eine Schachthaspel war, mit Stahlwellen beladene schwere Waggons, eine tragbare Feldschmiede und natürlich Nägel und Schnüre. Was meinen Hunger betraf, für meinen Hunger hätte ich außer Erdnüssen und Oliven die Datteln von zehn Millionen Palmen zur Verfügung. Und ich müßte mir von vornherein darüber im klaren sein, daß ich zur Gebetsstunde von meinem Minarett aus nur den Sand anbeten könnte.

Aber auf den Sand war ich wahrscheinlich seit meiner Geburt vorbereitet: ich wußte, wie man ihn betete, das brauchte ich nicht erst zu lernen, wie die Macumba-Priesterinnen, die nicht zu den Dingen beten, sondern die Dinge beten. Darauf vorbereitet war ich immer gewesen, so streng hatte die Angst mich erzogen.

Ich erinnerte mich an das, was sich meinem Gedächtnis – bis zu diesem Augenblick unnützerweise – eingeprägt hatte: daß Araber und Nomaden die Sahara El Khela, das Nichts nennen, das Land der Angst Tanesruft, Tiniri, das Land hinter den Weidegebieten.

Um den Sand zu beten, war ich wie sie durch die Angst bereits vorbereitet worden.

Von neuem spürte ich die unerträglich glühende Hitze, suchte ich die großen blauen Seen, um meine ausgetrockneten Augen hineinzutauchen. Seen oder leuchtende Flecken des Himmels. Die Seen waren weder häßlich noch schön. Und das war alles, was das Menschliche in mir noch erschrecken ließ. Ich versuchte, an das Schwarze Meer zu denken, ich versuchte, an die Perser zu denken, die über die Schluchten hinabstiegen – aber auch darin fand ich weder das Schöne noch das Häßliche, nur die unendliche Abfolge der Jahrhunderte auf der Welt.

Was ich auf einmal nicht länger ertragen konnte.

Abrupt drehte ich mich um und wandte mich dem Innern des Zimmers zu, das in seiner Glut wenigstens nicht bevölkert war.

Abrupt drehte ich mich um und wandte mich dem Innern des Zimmers zu, das in seiner Glut wenigstens nicht bevölkert war.

Nein, bei all dem war ich nicht wahnsinnig gewesen oder außer mir. Es handelte sich lediglich um eine visuelle Meditation. Die Gefahr bei der Meditation ist, daß man ungewollt zu denken beginnt, und Denken ist schon nicht mehr Meditieren, denken führt zu einem Ziel. Das Ungefährlichste bei der Meditation ist das ›Sehen‹, das nicht auf gedankliche Worte angewiesen ist. Ich weiß, daß es jetzt ein elektronisches Mikroskop gibt, das die natürliche Größe eines Gegenstandes hundertsechzigtausendmal vergrößert – aber es kommt mir nicht in den Sinn, das, was man durch dieses Mikroskop sieht, als Halluzination zu bezeichnen, selbst wenn man das kleine Objekt, das nahezu ins Monströse vergrößert wurde, nicht wiedererkennt.

Ob ich mich wohl in meiner visuellen Meditation getäuscht habe?

Sehr wahrscheinlich sogar. Denn auch in meiner rein optischen Wahrnehmung eines Stuhls oder eines Kruges unterliege ich dem Irrtum: die Bestätigung eines Kruges oder eines Stuhls aufgrund der Tatsache, daß ich sie sehe, ist in verschiedenen Punkten falsch. Der Irrtum ist eine meiner entscheidenden Arbeitsmethoden.

Ich setzte mich wieder aufs Bett. Als ich jetzt die Schabe ansah, wußte ich schon viel mehr.

Während ich sie betrachtete, sah ich die Weite der Wüste Libyens in der Nähe von Elschele vor mir liegen. Die Schabe, die Millionen von Jahren vor mir dort gelebt hatte, war auch den Dinosauriern vorausgegangen. Angesichts der Schabe war ich schon in der Lage, in der Ferne Damaskus, die älteste Stadt der Erde, zu erblikken. In der Wüste Libyens Schaben und Krokodile? Während der ganzen Zeit hatte ich nicht an das denken wollen, was ich in Wirklichkeit längst gedacht hatte: daß die Schabe genauso eßbar ist wie eine Languste, die Schabe war ein Krustentier.

Denn ich ekle mich nur deshalb vor der schlängelnd kriechenden Bewegung eines Krokodils, weil ich selbst kein Krokodil bin. Das mit harten Schuppen bedeckte Schweigen des Krokodils schüttelt mich vor Entsetzen.

Aber der Ekel dient mir ebenso wie die Verschmutzung der Gewässer der Fortpflanzung bestimmter darin wimmelnder Lebewesen. Der Ekel leitet und befruchtet mich. Der Ekel ruft in mir das Bild einer Nacht in Galiläa hervor. Die Nacht in Galiläa ist so, als bewegte sich in der Dunkelheit die Größe der Wüste. Die Schabe ist eine dunkle Größe, die sich regt.

Ich erlebte bereits die Hölle, durch die ich noch gehen würde, aber ich wußte nicht, ob ich nur hindurchgehen oder ob ich in ihr bleiben würde. Ich merkte bereits, daß diese Hölle grauenvoll und unheimlich gut ist, und vielleicht wollte ich sogar freiwillig in ihr bleiben. Denn ich sah das tiefe, archaische Leben der Schabe. Ich sah ein Schweigen, das die Tiefe einer Umarmung hat. Die Sonne scheint genauso heiß in der Wüste von Libyen, wie sie an sich selbst heiß ist. Und die Erde ist die Sonne, wieso habe ich früher nicht gemerkt, daß die Erde die Sonne ist?

Und dann wird etwas geschehen – auf einem nackten, trockenen Felsen in der Wüste Libyens – wird die Liebe zweier Schaben geschehen. Ich weiß jetzt, wie es ist. Eine Schabe wartet. Ich sehe das Schweigen dieses dunklen reglosen Etwas. Und jetzt – jetzt sehe ich, wie eine andere Schabe sich langsam und mühsam durch den Sand auf den Felsen zubewegt. Auf diesem Felsen, dessen Sintflut schon vor Millionen von Jahren zurückgewichen war, zwei trokkene Schaben. Die eine ist das Schweigen der anderen. Zwei Matadore, die sich gegenüberstehen: die Welt ist ungeheuer gegenseitig. Auf dem Felsen das Vibrieren eines gänzlich stummen Schwirrens; und wir, die wir bis ins Heute gelangten, beben noch immer mit ihm.

– Ich verspreche mir für eines Tages dieses selbe Schweigen, ich verspreche uns das, was ich jetzt gelernt habe. Nur daß es bei uns nachts geschehen muß, denn wir sind feuchte, salzige Wesen, wir sind Wesen aus Seewasser und Tränen. Es wird auch mit weitgeöffneten Augen wie bei den Schaben geschehen, nur daß es nachts sein muß, denn ich bin ein Tier der großen, feuchten Tiefen, der Staub trockener Zisternen ist mir unbekannt, und die Oberfläche eines Felsens ist nicht mein Zuhause.

Wir sind Geschöpfe, die in die Tiefe gehen müssen, um dort zu atmen, so wie der Fisch im Wasser sein muß, um atmen zu können, nur daß meine Tiefen in der Luft der Nacht liegen. Die Nacht ist unser verborgenes Dasein. Und sie ist so feucht, daß die Pflanzen sprießen. In den Häusern werden die Lichter gelöscht, damit man die Grillen besser hören kann und damit die Heuschrecken fast ohne sie zu berühren über die Blätter huschen können, die Blätter, die Blätter, die Blätter – in der Nacht teilt sich die sanfte, bange Sehnsucht durch das Hohlsein der Luft mit, die Leere ist ein Weg, etwas zu vermitteln.

Ja, für uns wird es die Liebe in der Wüste bei Tage nicht geben: wir gehören zu denen, die schwimmen, die Luft der Nacht ist sumpfig und voller Süße, wir aber schmecken nach Salz, denn aus unseren Poren rinnt der Schweiß. Vor langer Zeit wurde ich zusammen mit dir auf die Wand einer Höhle gezeichnet und zusammen mit dir bin ich aus ihren dunklen Tiefen bis heute geschwommen, mit meinen unzähligen Zilien bin ich geschwommen – ich war das Erdöl, das erst heute hervorschoß, nachdem eine afrikanische Negerin mich auf die Wand in meinem Haus gezeichnet und mich zutage gefördert hatte. Schlaftrunken war ich wie das Erdöl, das nun endlich fließt.

– Ich schwöre, daß so die Liebe ist. Ich weiß es, nur weil ich dort saß und es erfuhr. Nur beim Anblick der Schabe weiß ich, daß alles, was wir zwei vorher hatten, schon die Liebe war. Es war notwendig, daß die Schabe mir so sehr weh tat, als würde man mir die Nägel ausreißen – da ertrug ich die Folter nicht länger, ich gestand, und jetzt denunziere ich. Ich konnte es nicht länger ertragen und bekenne, daß ich schon von einer Wahrheit wußte, die weder von Nutzen noch jemals zur Anwendung gekommen war und vor deren Anwendung ich Angst haben würde, denn ich bin nicht erwachsen genug, um mit der Wahrheit umzugehen, ohne mich dabei zu zerstören.

Wenn du es durch mich erfahren kannst, ohne vorher gefoltert werden zu müssen, ohne vorher mit der Tür eines Kleiderschrankes zweigeteilt zu werden, ohne daß vorher deine Hüllen der Angst zerbrochen werden – Hüllen, die mit der Zeit zu Stein wurden und wie meine gewaltsam mit einer Zange zerbrochen werden mußten, bis ich zu dem zarten Neutralen meines Selbst gelangte – wenn du es durch mich erfahren kannst... dann lerne von mir, die ich mich ganz ausliefern und all meine Koffer mit den eingravierten Initialen verlieren mußte.

– Enträtsele mich, enträtsele mich, denn es ist kalt; die Krusten einer Languste zu verlieren, macht mich frösteln. Erwärme mich, indem du mein Rätsel löst, versteh du mich, denn ich kann mich nicht verstehen. Ich tue nichts anderes, als die Schabe zu lieben. Und diese Liebe ist eine Hölle.

Aber du hast Angst, ich weiß, du hattest schon immer vor dem Ritual Angst. Wenn man jedoch gefoltert wurde, bis man zu einem Kern wird, dann entsteht der dämonische Wunsch, dem Ritual zu dienen, selbst wenn das Ritual bedeutete, sich selbst zu verzehren – so wie man den Weihrauch, um ihn zu riechen, verbrennen muß. Höre, denn ich bin genauso ernsthaft wie eine Schabe mit ihren Zilien. Höre:

Wenn ein Mensch zu seinem eigenen Kern geworden ist, dann gibt es in ihm kein Auseinanderstreben mehr. Dann zelebriert er feierlich sich selbst und hat keine Angst mehr, sich zu verzehren, indem er dem verzehrenden Ritual dient – das Ritual ist der eigentliche Verlauf des Lebens im Kern, das Ritual haftet ihm nicht an: das Ritual ist inhärent. Das Ritual einer Schabe vollzieht sich in ihren Zellen. Das Ritual – glaub mir, denn ich glaube, daß ich es weiß – das Ritual ist das Zeichen des Gottes. Und jedes Kind wird schon mit demselben Ritual geboren.

– Ich weiß, wir zwei hatten immer Angst vor meiner sowie vor deiner Feierlichkeit. Wir dachten, es sei nur eine Feierlichkeit der Form. Und wir verbargen stets, was wir wußten: daß Leben immer eine Frage von Leben und Tod ist, daher der feierliche Ernst. Wir wußten auch, obwohl uns die Gnade des Verstehens nicht gegeben war, daß wir das Leben sind, das in uns ist, und daß wir uns selber dienen. Die einzige Bestimmung, mit der wir geboren werden, ist die des Rituals. Ich nannte es die ›Maske‹ der Lüge, aber das war es nicht: es war die wesentliche Maske der Feierlichkeit. Wir mußten die Maske des Rituals aufsetzen, um uns zu lieben. Die Käfer werden schon mit der Maske geboren, mit der sie sich erfüllen werden. Wir verlieren unsere Maske durch den Sündenfall.

Ich blickte sie an: die Schabe war ein Käfer. Die ganze Schabe bestand nur aus ihrer eigenen Maske. Da ich nicht die geringste Andeutung eines Lächelns bei der Schabe sah, begriff ich ihre kriegerische Wildheit. Sie war zahm, ihre Aufgabe aber war eine ungezähmte.

Ich bin zahm, aber meine Lebensaufgabe ist eine ungezähmte. Ach, die vormenschliche Liebe ergreift von mir Besitz. Ich verstehe, ich verstehe! Die Form zu leben ist ein so tiefes Geheimnis, daß sie das schweigende Kriechen eines Geheimnisses ist. Sie ist ein Geheimnis in der Wüste. Und ich, ich kannte es sicher schon. Denn angesichts der Liebe zweier Schaben kam mir die Erinnerung an eine wahrhafte Liebe, die ich dereinst erlebt, von der ich aber nicht wußte, daß ich sie erlebt hatte – denn Liebe war damals nur das, was ich von einem Wort verstehen konnte. Doch es gibt etwas, das gesagt werden muß, das unbedingt gesagt werden muß.

Doch es gibt etwas, das gesagt werden muß, das unbedingt gesagt werden muß.

– Ich werde dir sagen, was ich dir zuvor noch nie gesagt habe, vielleicht ist es das, was fehlt: es gesagt zu haben. Wenn ich es nicht gesagt habe, dann weder, um an Worten zu sparen, noch aufgrund meiner tierischen Stummheit, wie die der Schabe, die mehr Augen als Mund hat. Wenn ich es nicht gesagt habe, dann nur, weil ich nicht wußte, daß ich es wußte – aber jetzt weiß ich es. Ich werde dir sagen, daß ich dich liebe. Ich weiß, daß ich dir das früher gesagt habe, und es entsprach auch der Wahrheit, als ich es dir sagte, aber erst jetzt sage ich es wirklich. Ich muß es sagen, bevor ich... Oh, aber es ist ja die Schabe, die sterben wird, nicht ich! ich brauche diesen Brief eines Verurteilten in seiner Zelle nicht...

– Nein, ich will dir mit meiner Liebe keinen Schrecken versetzen. Wenn du vor mir erschrickst, werde auch ich vor mir erschrecken. Hab keine Angst vor dem Schmerz. Ich habe jetzt eine solche Gewißheit, wie ich gewiß war, lebendig in diesem Zimmer gewesen zu sein, in dem auch die Schabe lebendig war: ich weiß genau, daß alle Dinge sich ober- oder unterhalb der Schmerzempfindlichkeit abspielen. Schmerz ist nicht der wahre Name dessen, was man Schmerz nennt. Höre: ich bin ganz sicher, daß es so ist.

Denn jetzt, da ich mich nicht mehr wehre, erkenne ich gefaßt, daß dies eine Schabe war, daß Schmerz nicht Schmerz war.

Ach, wenn ich gewußt hätte, was in dem Zimmer passieren würde, hätte ich mehr Zigaretten eingesteckt, bevor ich hineinging: ich hatte eine schier unerträgliche Lust zu rauchen.

– Ach, könnte ich dir doch die erst jetzt lebendige Erinnerung vermitteln, daß wir zwei bereits lebten, ohne es zu wissen. Willst du dich gemeinsam mit mir erinnern? oh, ich weiß, daß es schwer ist: aber tun wir es für uns. Anstatt uns zu überwinden. Hab keine Angst jetzt, du bist in Sicherheit, denn es ist ja schon geschehen, es sei denn, du siehst eine Gefahr darin, zu erfahren, daß es geschehen ist.

Denn als wir liebten, wußte ich nicht, daß die Liebe sich viel eher vollzog, wenn es das, was wir Liebe nannten, nicht gab.

Das Neutrale der Liebe, das war es, was wir erlebten und verachteten.

Ich spreche von der Zeit, in der nichts geschah, und dieses Nichtgeschehen bezeichneten wir als Zwischenzeit. Aber wie war diese Zwischenzeit?

Es war eine riesige Blume, die sich, ganz von sich erfüllt, weit öffnete, meine Augen ungeheuer groß und glitzernd. Was ich ansah, gerann alsbald unter meinem Blick und wurde mein – obwohl es kein bleibendes Gerinnsel war: drückte ich es mit den Händen zusammen wie eine Handvoll geronnenes Blut, würde sich die Masse zwischen den Fingern wieder zu Blut verflüssigen.

Aber es war nicht die ganze Zeit über flüssig, denn damit ich die Dinge mit den Händen ernten könnte, müßten sie die Festigkeit von Früchten haben. In den Zwischenzeiten, die wir leer und still nannten und in denen wir dachten, daß die Liebe aufgehört hatte...

Ich erinnere mich an die Halsschmerzen, die ich damals hatte: die Mandeln geschwollen, das Gerinnen ging schnell bei mir. Und genauso schnell verflüssigte sich wieder alles: meine Halsschmerzen sind weg, sagte ich zu dir. Wie Gletscher im Sommer, verflüssigt fließen die Flüsse. Jedes unserer Worte – in der Zeit, die wir leer nannten – jedes Wort war so leicht und dünn wie ein Schmetterling: das Wort flatterte aus dem Inneren zum Mund, die Worte wurden gesagt, aber wir hörten sie nicht einmal, weil die geschmolzenen Gletscher, während sie dahinflossen, so viel Lärm machten. Während des fließenden Tosens bewegten sich unsere Münder und sprachen, aber in Wirklichkeit sahen wir nur die sich bewegenden Münder, wir hörten sie nicht – wir sahen den Mund des anderen, sahen ihn reden, aber es hatte nichts zu bedeuten, daß wir nicht hörten, oh, in Gottes Namen, es hatte nichts zu bedeuten.

Und in unserem Namen genügte es, zu sehen, daß der Mund sprach, und wir lachten, weil wir ihm kaum Aufmerksamkeit schenkten. Gleichwohl nannten wir dieses Nicht-Hören Interesselosigkeit und Mangel an Liebe.

Aber in Wirklichkeit sprachen wir sehr viel! wir sprachen das Nichts aus. Unterdessen glitzerte alles, wie wenn dicke Tränen sich nicht aus den Augen lösen; darum glitzerte alles.

In diesen Zeitabständen dachten wir, uns davon zu erholen, daß der eine der andere war. In Wirklichkeit war es der große Genuß, daß der eine nicht der andere war: so hatte jeder sich selbst und den anderen. Alles würde aufhören, wenn das vorbei wäre, was wir als Zwischenzeit der Liebe bezeichneten; und weil es aufhören würde, erzitterte es bereits unter der schweren Last des eigenen Endes, das es in sich trug. Ich erinnere mich an all das wie durch einen Wasserschleier.

Ach, ob wir ursprünglich vielleicht nicht menschlich waren? so daß wir aus praktischer Notwendigkeit zu Menschen wurden? das erschreckt mich genauso, wie es dich erschreckt. Denn die Schabe schaute mich an, mit ihrem Panzer als Käfer, mit ihrem zerschmetterten Körper, der ganz aus Röhren und Antennen und weichem Zement besteht – und das war unleugbar eine Wahrheit, die unseren Worten vorausging, das war unleugbar das Leben, das ich vorher nie gewollt hatte.

– Dann – dann, durch die Tür der Verdammnis, verzehrte ich das Leben und wurde vom Leben verzehrt. Ich begriff, daß mein Reich von dieser Welt ist. Und ich begriff es durch die Seite der Hölle in mir. Denn ich sah in mir selbst, wie die Hölle ist.

Denn ich sah in mir selbst, wie die Hölle ist.

Die Hölle ist der Mund, der das lebendige blutige Fleisch zerreißt und aufißt, und wer gegessen wird, heult vor Wonne: die Hölle ist der Schmerz als Vergnügen der Materie, und mit dem genüßlichen Lachen fließen die Tränen vor Schmerz. Und das in Tränen aufgelöste Lachen vor Schmerz ist das Gegenteil der Erlösung. Ich sah die Unerbittlichkeit der Schabe mit der Maske ihres Rituals. Ich sah, daß die Hölle das war: die grausame Hinnahme des Leids, der feierliche Mangel an Erbarmen mit dem eigenen Schicksal, eine größere Liebe zum Lebensritual als zu sich selbst – das war die Hölle, in der sich derjenige, der das lebendige Gesicht des anderen aß, an lustvollem Schmerz labte.

Mit einer höllischen Begierde verspürte ich zum ersten Mal den Wunsch, die Kinder, die ich niemals bekommen hatte, doch bekommen zu haben: ich wollte, daß die lusterfüllte Hölle meines Körpers sich nicht in drei oder vier, sondern in zwanzigtausend Kindern wiederholt hätte. In Zukunft in meinen Kindern weitergelebt zu haben, hätte meiner wahrhaften Gegenwart entsprochen, die nicht nur mir, sondern auch meiner lebenslustigen Gattung, die niemals aussterben wird, eigen ist. Keine Kinder bekommen zu haben, verursachte mir einen Schüttelkrampf, als hätte ich einer Sucht abgeschworen.

Diese Schabe hatte Kinder bekommen, ich aber nicht: die Schabe könnte zu Tode gequetscht werden, ich aber war dazu verdammt, niemals zu sterben, denn würde ich auch nur ein einziges Mal sterben, wäre ich tot. Aber ich wollte nicht sterben, sondern in unaufhörlichem Sterben begriffen – als höchster Genuß des Leids – verbleiben. Ich war in der Hölle, durchbohrt von einer Lust wie ein leises Erklingen der Nerven vor Lustgefühl.

Und all das – oh, mein Entsetzen – all das geschah im weiten Schoß der Gleichgültigkeit... All das im Begriff, sich in einem spiralförmigen Schicksal zu verlieren, welches sich jedoch nicht verliert. In diesem unendlichen Schicksal, das nur aus grausamer Unmittelbarkeit besteht, ich, wie eine Larve – ich in meiner tiefsten Unmenschlichkeit: denn was mir bis jetzt entgangen war, war meine wahrhaftige Unmenschlichkeit – ich und wir wie Larven, die wir uns im weichen Fleisch verschlingen.

Und es gibt keine Strafe! Das ist die Hölle: es gibt keine Strafe. Denn in der Hölle machen wir aus dem, was eine Strafe wäre, höchstes Vergnügen; aus der Strafe machen wir in dieser Wüste ein ekstatisches, mit Tränen benetztes Lachen, aus der Strafe machen wir in der Hölle eine Hoffnung auf Genuß.

Dann war also das die andere Seite der Vermenschlichung und der Hoffnung?

In der Hölle dieser teuflische Glaube, daß ich nicht verantwortlich bin. Dieser Glaube, der Glaube an das orgiastische Leben ist. Die Höllenorgie ist die Vergöttlichung des Neutralen. Die Freude des Sabbats ist die Freude, sich im Atonalen zu verlieren.

Was mich noch erschreckte, war, daß sogar der ungestrafte Schrecken großzügig vom Abgrund der unendlichen Zeit aufgenommen würde, vom Abgrund der unendlichen Höhen, vom tiefen Abgrund des Gottes: aufgenommen vom Schoß der Gleichgültigkeit.

Die so anders war als die Gleichgültigkeit der Menschen. Denn es war eine interessierte Gleichgültigkeit, eine Gleichgültigkeit, die man einhält. Es war eine aufs äußerste entschlossene Gleichgültigkeit. Und alles war in ein Schweigen gehüllt, in dieser meiner Hölle. Denn das Lachen ist ein Bestandteil des Schweigens, nur in den Augen glitzerte die gleichgültige Lust, aber das Lachen war im eigenen Blut, man hörte es nicht.

Und all das ist in diesem Augenblick, ist im Sofort. Gleichzeitig aber ist der gegenwärtige Anblick angesichts der Größe und Herrlichkeit des Gottes völlig entrückt. Angesichts dieser gewaltigen und immerwährenden Größe ist selbst das entrückt, was schon unverzüglich existiert: genau in dem Augenblick, in dem im Schrank die Schabe zweigeteilt wird, ist auch sie dem Schoß der großen interessierten Gleichgültigkeit, die sie ungestraft aufnimmt, entrückt.

Die großartige Gleichgültigkeit – war es das, was sich in mir abspielte?

Die höllische Großartigkeit des Lebens: denn nicht einmal mein Körper stellt eine Begrenzung dar, das Erbarmen, daß mein Körper mir Grenzen setze, widerfährt mir nicht. In der Hölle bietet mein Körper mir keine Grenzen – nenne ich das die Seele? Das Leben zu leben, das nicht mehr das meines Körpers ist – sollte das die unpersönliche Seele sein?

Aber meine unpersönliche Seele verbrennt mich. Die Seele der

Schabe ist die großartige Gleichgültigkeit eines Sterns; der Stern besteht im eigenen Übermaß des Körpers der Schabe. Die Schabe und ich wollen einen Frieden, den wir nicht erreichen können – es ist ein Frieden, der jenseits von ihrer und meiner Größe, jenseits von ihrem und meinem Schicksal liegt. Und weil meine Seele so grenzenlos ist, daß sie schon nicht mehr ich ist, und weil sie so weit über mich hinausgeht – deshalb bin ich mir selbst immer entrückt – bin ich für mich so unerreichbar, wie ein Stern für mich unerreichbar ist. Ich gebe mir alle Mühe, um die gegenwärtige Zeit, die mich einhüllt, erreichen zu können, aber ich bleibe dem jetzigen Augenblick fern. Die Zukunft, wehe mir, ist mir näher als der Augenblick Jetzt.

Die Schabe und ich sind höllisch frei, weil unsere lebende Materie größer ist als wir, wir sind höllisch frei, weil mein eigenes Leben so wenig Platz in meinem Körper findet, daß es mir nicht gelingt, davon Gebrauch zu machen. Von meinem Leben macht die Erde eher Gebrauch als ich, ich bin um so vieles größer als das, was ich ›ich‹ nannte, daß ich nur dann über mich verfügen könnte, wenn ich das Leben der Welt besäße. Eine ganze Horde von Schaben wäre notwendig, um auf der Erde einen kaum wahrnehmbaren Punkt zu markieren – gleichwohl ist eine einzige Schabe, allein durch ihre Aufmerksamkeit dem Leben gegenüber, ist diese einzige Schabe die Welt.

Dieser ganze am wenigsten erreichbare Teil meiner Seele, der mir nicht gehört – ist der, der bis an meine Grenze zu dem reicht, was schon nicht mehr ich ist, und dem ich angehören möchte. Meine ganze Sehnsucht galt immer dieser allzu großen unüberbrückbaren Nähe. Ich bin eher das, was in mir nicht ist.

Und siehe da, die Hand, die ich festhielt, hat mich verlassen. Nein, nein. Ich selbst habe die Hand losgelassen, weil ich jetzt alleine gehen muß.

Wenn es mir gelingt, aus dem Reich des Lebens zurückzukehren, werde ich wieder deine Hand ergreifen, werde sie dankbar küssen, weil sie auf mich gewartet hat, gewartet hat, daß mein Weg vorbeiginge und daß ich abgemagert, ausgehungert und demütig zurückkäme: bereit, mich an dem Wenig zu laben, mehr noch, an dem Weniger.

Denn während ich reglos da saß, hatte ich begonnen, mein eigenes Entrücktsein als einzige Möglichkeit leben zu wollen, meine unmittelbare Gegenwart zu erleben. Und das, was völlig unschuldig schien, löste von neuem ein Frohlocken aus, als handele es sich um ein schreckliches, kosmisches Vergnügen.

Um es noch einmal zu durchleben, lasse ich deine Hand los. Denn in diesem Frohlocken gab es kein Mitleid. Mitleid bedeutet, sich wie ein Kind von jemandem oder von etwas zu fühlen – aber sich als die Welt zu fühlen, das ist Grausamkeit. Die Schaben nagen sich an und töten und durchdringen sich im Zeugungsakt, sie fressen sich in einem ewigen Sommer, in dem es Abend wird – die Hölle ist ein glühender Sommer, und langsam neigt sich der Tag. Die unmittelbare Gegenwart sieht die Schabe nicht, die gegenwärtige Zeit blickt sie aus weiter Ferne an, daß sie ihrer aus den Höhen nicht gewahr wird und nur eine schweigsame Wüste sieht – die Zeit der Gegenwart vermutet in der nackten Wüste nicht einmal ein wüstes Gelage von Zigeunern.

In der Wüste, in der wir, in kleine Schakale verwandelt, uns lachend gegenseitig auffressen. Lachend vor Schmerz und – frei. Das Geheimnis der menschlichen Bestimmung besteht darin, daß wir vom Schicksal bestimmt sind, gleichwohl aber frei sind, unser Schicksal einzulösen oder nicht: uns wird anheim gestellt, unsere vom Schicksal auferlegte Bestimmung zu verwirklichen. Wohingegen die nichtmenschlichen Wesen, wie die Schabe, ihren gesamten Lebenszyklus verwirklichen, ohne jemals zu irren, denn sie haben nicht die Freiheit der Wahl. Aber von mir hängt es ab, ob ich aus freien Stücken zu dem werde, wozu ich vom Schicksal bestimmt bin. Ich bin die Herrin meines Schicksals, und wenn ich mich entscheide, es nicht einzulösen, übertrete ich die lebendige Natur, die mir eigen ist. Wenn ich aber meinen neutralen und lebendigen Kern einlöse, dann werde ich, bezogen auf meine Gattung, im eigentlichen Sinne ein Mensch sein.

– Aber der Prozeß des Menschwerdens kann zu einem Ideal erhoben werden, kann am vielen Beiwerk scheitern... Menschlich zu sein, dürfte nicht ein Ideal des Menschen sein, denn er ist zwangsläufig menschlich; menschlich zu sein, muß die Art sein, wie ich, lebendes Ding, das aus freien Stücken den Weg wählte, der zum Lebendigen führt, menschlich bin. Dabei muß ich mich nicht einmal um meine Seele kümmern, sie wird sich zwangsläufig um mich kümmern, und ich muß mir nicht selbst eine Seele formen: ich muß mich nur für das Leben entscheiden. Wir sind frei, und das ist die Hölle. Aber es gibt so viele Schaben, daß es den Anschein erweckt, ein Gebet würde verrichtet.

Mein Reich ist von dieser Welt... aber mein Reich war nicht nur ein menschliches. Ich wußte es. Es zu wissen, würde jedoch tödliches Leben verbreiten, und ein Kind in meinem Bauche liefe Gefahr, von diesem todbringenden Leben verschlungen zu werden, ein christliches Wort hätte überhaupt keinen Sinn... es gibt so viele Kinder im Bauch, daß es den Anschein erweckt, ein Gebet würde verrichtet.

In diesem Augenblick hatte ich noch nicht begriffen, daß der erste Versuch dessen, was später zu einem Gebet würde, in der glücklichen Hölle, die ich betreten hatte und die ich schon nicht mehr verlassen wollte, bereits im Entstehen begriffen war.

Jenes Land der Ratten und Taranteln und Schaben, Liebster, in dem das Vergnügen rollt in jedem dicken Tropfen Blut.

Nur die Barmherzigkeit des Gottes hätte mich der grauenvollen gleichgültigen Freude entreißen können, die ich in vollen Zügen genoß.

Denn ich frohlockte. Ich kannte die Gewaltätigkeit des freudigen Dunkels – ich war glücklich wie der Leibhaftige, die Hölle ist mein höchstes Gut.

Die Hölle ist mein höchstes Gut.

Ich war völlig versunken in eine Gleichgültigkeit, die still ist und wachsam. Versunken in eine gleichgültige Liebe, einen gleichgültigen Halbschlaf, einen gleichgültigen Schmerz. Hingegeben an einen Gott, der meine Liebe, falls ich liebte, nicht verstand und der nicht wußte, was Er von mir wollte. Ich weiß, Er wollte, ich wäre nach seinem Bilde und würde durch seine Liebe, zu der ich nicht fähig war, wie Er.

Durch eine Liebe, die so groß, so vollkommen und unpersönlich wäre – als wäre ich gar keine Person. Er wollte, ich wäre mit Ihm zusammen die Welt. Er wollte meine menschliche Göttlichkeit, und alles mußte damit beginnen, daß ich mich zunächst meiner angenommenen Menschlichkeit entledigte.

Und den ersten Schritt hatte ich getan: denn ich wußte wenigstens schon, daß ein Menschenwesen zu sein einer Empfindungskraft, einem Orgasmus der Natur gleichkommt. Und daß es nur einer Anomalie der Natur zuzuschreiben war, daß wir, anstatt der Gott zu sein, so wie die anderen Wesen Er sind, daß wir, anstatt Er zu sein, wenn wir so groß wären wie Er, Ihn sehen wollten. Eine Schabe ist größer als ich, weil ihr Leben sich Ihm so sehr hingibt, daß sie aus dem Unendlichen kommt und ins Unendliche geht, ohne es zu merken, sie setzt ihren Weg unaufhörlich fort.

Ich hatte den ersten großen Schritt getan, aber was war mir geschehen?

Ich war der Versuchung erlegen, zu sehen, der Versuchung zu erkennen und zu spüren. Meine Größe hatte mich auf der Suche nach der Größe des Gottes zur Größe der Hölle geführt. Nur durch ein krampfartiges teuflisches Frohlocken gelang es mir, Seine Ordnung zu verstehen. Die Neugierde hatte mich aus meinem bequemen Dasein vertrieben – und ich begegnete dem gleichgültigen Gott, der in Seiner Einheit gut ist, weil Er weder schlecht noch gut ist; ich befand mich inmitten einer Materie, die die gleichgültige Explosion ihrer selbst ist. Das Leben hatte jetzt die Kraft einer titanischen Gleichgültigkeit. Einer titanischen Gleichgültigkeit, die sich ausbreiten will. Und ich, die ich mit ihr gehen wollte, hatte mich in der Lust verfangen, die mir nur die Hölle aufgetan hatte.

Die Versuchung der Lust. Die Versuchung ist, sich unmittelbar an der Quelle zu laben. Die Versuchung ist, sich das Gesetz unmittelbar einzuverleiben. Und die Strafe ist, nicht mehr aufhören wollen zu essen, und auch sich selbst zu verzehren, denn ich bin ebenso eßbare Materie. Ich suchte die Verdammnis wie eine Freude. Ich suchte das wildeste Orgiastische meiner selbst. Nie mehr würde ich ausruhen: ich hatte das Jagdpferd eines Freudenkönigs geraubt. Ich war jetzt schlimmer als ich!

Ich werde nie mehr ausruhen: ich habe das Jagdpferd des Sabbatkönigs geraubt. Wenn ich einen Augenblick einschlafe, weckt mich das Echo eines Wieherns. Und ich kann nicht umhin, ihm zu folgen. In der Dunkelheit der Nacht läßt mich das Schnauben erschaudern. Ich tue so, als schliefe ich, aber der Hengst atmet in der Stille. Er sagt nichts, er atmet nur, er wartet und atmet. Jeden Tag wird es dasselbe sein: schon in der Dämmerung beginne ich, melancholisch und nachdenklich zu werden. Ich weiß, daß im Gebirge der erste Trommelschlag die Nacht bringen wird, ich weiß, daß der dritte mich schon in seinem Rausch mitgerissen haben wird.

Und beim fünften Trommelschlag werde ich in meiner Gier schon bewußtlos sein. Bis ich mich in der Morgendämmerung bei den letzten leisen Schlägen, ohne zu wissen, wie mir geschieht, ohne jemals zu erfahren, was ich getan habe, an einem Bach neben dem riesigen, müden Kopf des Pferdes wiederfinden werde.

Müde wovon? Was haben wir getan, wir, die wir in der Hölle der Freude traben? Seit zwei Jahrhunderten mache ich nicht mehr mit. Beim letzten Mal, als ich aus dem geschmückten Sattel stieg, war meine menschliche Traurigkeit so groß, daß ich schwor, es niemals wieder zu tun. Das Traben setzt sich jedoch in mir fort. Ich unterhalte mich, räume die Wohnung auf, lächle, aber ich weiß, daß das Traben in mir ist. Ich könnte vor Sehnsucht danach sterben. Ich kann es nicht mehr lassen, ich muß mitmachen.

Ich weiß ganz genau, daß ich mitmachen werde, wenn es mich in der Nacht ruft. Ich möchte, daß das Pferd noch ein einziges Mal mein Denken lenkt. Denn bei ihm habe ich gelernt. Wenn diese Stunde zwischen dem Gebell mein Denken ist. Die Hunde bellen, ich werde langsam traurig, weil ich weiß, während meine Augen schon zu leuchten beginnen, daß ich hingehen werde. Wenn es mich nachts zur Hölle ruft, gehe ich. Wie eine Katze steige ich von den Dächern herab. Niemand erfährt es, niemand sieht es. Ich zeige mich in der Dunkelheit, stumm und strahlend. Hinter uns her laufen dreiundfünfzig Flöten. Vor uns leuchtet uns eine Klarinette. Und mehr als das ist mir nicht zu erkennen gegeben.

Im Morgengrauen werde ich uns erschöpft am Bach sehen, ohne zu ahnen, welche Verbrechen wir bis zur Morgenröte begangen haben. In meinem Mund und an seinen Hufen das Zeichen des Blutes. Was haben wir geopfert? Im Morgenrot werde ich neben dem stummen Hengst stehen, während die ersten Glockenschläge vom Bach davongetragen werden und die letzten Flötenklänge mir noch aus den Haaren tropfen.

Die Nacht ist mein Leben, es ist schon spät, die glückliche Nacht ist mein trauriges Leben – schnell, raube mir den Hengst, denn meine Raubzüge haben schon bis zum Morgengrauen gedauert, und dabei kam mir eine Vorahnung: raube schnell den Hengst, solange es noch Zeit ist, solange es noch nicht dunkel ist, wenn überhaupt noch Zeit ist, denn beim Raub des Hengstes mußte ich den König töten, und indem ich ihn tötete, raubte ich dem König den Tod. Und die Freude am Töten verzehrt mich in Wollust.

Ich war dabei, mich selbst zu verzehren, die ich auch lebende Materie des Sabbats bin.

Ich war dabei, mich selbst zu verzehren, die ich auch lebende Materie des Sabbats bin.

War das denn nicht – obwohl es viel mehr war als das – die Versuchung, in die die Heiligen geführt wurden? Eine Versuchung, aus der die heilig gewordenen – oder auch nicht – als Heilige hervorgingen – oder auch nicht. Dieser Versuchung in der Wüste würde ich, die Weltliche, ich, die Unheilige, entweder erliegen, oder ich würde aus ihr zum ersten Mal als lebendiges Wesen hervorgehen.

– Hör zu, es gibt etwas, das sich menschliche Heiligkeit nennt, und das ist nicht die der Heiligen. Ich fürchte, nicht einmal der Gott versteht, daß die menschliche Heiligkeit viel gefährlicher ist als die göttliche und daß die Heiligkeit der Weltlichen viel schmerzhafter ist. Obwohl Christus selbst wußte, daß, wenn sie Ihm antaten, was sie Ihm angetan haben, sie uns noch viel mehr antun würden, denn Er hatte gesagt: »Wenn sie dieses mit dem grünen Zweig getan haben, was werden sie dann mit den trockenen tun?«

Eine Bewährungsprobe. Jetzt verstehe ich, was eine Bewährungsprobe ist. Bewährungsprobe: das bedeutet, daß das Leben mich auf die Probe stellt. Aber Bewährungsprobe bedeutet auch, daß ich auf die Probe stelle. Und Erproben kann sich in einen Durst verwandeln, der immer unstillbarer wird.

Warte auf mich: ich werde dich aus der Hölle herausholen, in die ich hinabgestiegen bin. Hör bitte zu, hör zu:

Aus dem unerbittlichen Frohlocken wurde schon ein Schluchzen, das eher ein Jauchzen schien. Es war kein Schluchzen vor Schmerz, ich hatte es noch niemals gehört: es war mein schluchzendes Leben, das sich teilte, um mich fortzupflanzen. Im Sand dieser Wüste erreichte ich allmählich die Zartheit einer ersten schüchternen Gabe, wie die einer Blume. Was gab ich? was konnte ich von mir geben – ich, die ich die Wüste war, ich, die ich sie verlangt und bekommen hatte?

Ich gab mein Schluchzen. Endlich weinte ich im Schoße meiner Hölle. Selbst die Flügel der dichten Finsternis – ich gebrauche sie und brauche sie, ich gebrauchte sie und brauchte sie für mich –, das Du bist, du schimmerndes Schweigen. Ich bin nicht Du, aber mich bist Du. Nur deshalb werde ich Dich niemals direkt spüren können: denn Du bist mich.

Oh, Gott, ich begann zu meiner größten Überraschung zu verstehen: meine höllische Orgie war das menschliche Martyrium als solches.

Wie hätte ich es erraten sollen? wenn ich nicht wußte, daß man im Leid lacht. Denn ich wußte nicht, daß man in dieser Weise leidet. Daher hatte ich mein tiefstes Leid Freude genannt.

Und im Schluchzen kam der Gott zu mir, der Gott erfüllte mich jetzt ganz. Ich schenkte Gott meine Hölle. Der erste Schluchzer hatte aus meiner schrecklichen Lust und aus meinem Fest einen neuen Schmerz gemacht: der jetzt ebenso zart und schutzlos war wie die Blume meiner eigenen Wüste. Die Tränen, die jetzt liefen, waren wie Tränen der Liebe. Der Gott, den ich niemals verstehen könnte, es sei denn, wie ich Ihn verstanden hatte: indem ich mich brach wie eine Blume, die kaum die Kraft hat, der Erde zu entwachsen und daran zu zerbrechen scheint.

Aber jetzt, nachdem ich wußte, daß meine Freude Leid gewesen war, fragte ich mich, ob ich zu einem Gott floh, weil ich meine Menschlichkeit nicht ertragen konnte. Denn ich brauchte jemanden, der nicht so kleinlich wäre wie ich, jemanden, der so viel größer wäre als ich, daß er mein Elend zulassen könnte, sogar ohne mich bemitleiden oder trösten zu wollen – jemanden, der wäre, der wäre! und zwar nicht wie ich, eine Anklägerin der Natur, nicht wie ich, die ich vor der Gewalt meines Hasses und meiner Liebe zurückschrecke.

Jetzt, in diesem Augenblick, überkommt mich ein Zweifel. Gott oder wie auch immer Du genannt wirst: ich bitte jetzt nur um eine einzige Hilfe: daß Du mir jetzt nicht im Verborgenen hilfst, wie Du mich im Verborgenen bist, sondern dieses Mal deutlich und offen zutage tretend.

Denn ich muß genau das wissen: empfinde ich, was ich empfinde, oder empfinde ich, was ich empfinden möchte? oder empfinde ich, was ich empfinden muß?

Denn ich will nicht einmal mehr die Verwirklichung eines Ideals, ich will nichts weiter als ein Samen sein. Auch wenn später die Ideale aus diesem Samen wieder sprießen; ob es nun die wahrhaften sind, die einen Weg aufzeigen, oder die falschen, die nur Beiwerk sind. Entsprechen meine Empfindungen dem, was ich gerne empfinden würde? Denn ein Millimeter kann einen gewaltigen Unterschied machen, dieser Abstand eines Millimeters kann mich aufgrund der Wahrheit retten oder mir von neuem alles nehmen, was ich gesehen habe. Es ist gefährlich. Die Menschen zollen ihren Empfindungen großes Lob. Was genauso gefährlich ist wie sie zu verabscheuen.

Ich hatte meine Hölle dem Gott geschenkt. Und meine Grausamkeit, Liebster, meine Grausamkeit war alsdann zu Ende. Auf einmal war genau diese Wüste der verschwommene Entwurf dessen, was sich Paradies nennt. Die Feuchtigkeit eines Paradieses. Nichts anderes, sondern genau diese Wüste. Und ich war überrascht, wie man von einem Licht, das aus dem Nichts kommt, überrascht wird.

Verstand ich, daß das, was ich erprobt hatte, daß dieser Kern höllischer Raubgier das war, was man Liebe nennt? Aber – neutrale Liebe?

Neutrale Liebe. Das Neutrale weste. Ich war im Begriff, das, was ich mein Leben lang gesucht hatte, zu erreichen: das, was die allerletzte Identität ist, das was ich das Ausdruckslose genannt hatte. Es war das, was sich schon immer in meinen Augen auf den Fotos gezeigt hatte: eine ausdruckslose Freude, eine Lust, die nicht weiß, daß sie Lust ist – eine Lust, die zu zart ist für meine grobe Menschlichkeit, die immer aus ungehobelten Begriffen bestanden hatte.

– Ich habe mir eine solche Mühe gegeben, um mir etwas über eine Hölle zu sagen, für die es keine Worte gibt. Was soll ich nun über eine Liebe sagen, die nur das kennt, was man empfindet und im Vergleich zu dem das Wort ›Liebe‹ ein staubbedeckter Gegenstand ist?

Die Hölle, durch die ich gegangen war – wie soll ich es dir erklären? – war die Hölle, die von der Liebe kommt. Ach, die Menschen betrachten die Sexualität als eine Sünde. Aber wie unschuldig und kindlich diese Sünde doch ist. Die wahre Hölle ist die Hölle der Liebe. Liebe ist die Erfahrung der Gefahr einer größeren Sünde – sie ist die Erfahrung des Schlamms, der Erniedrigung und der schlimmsten Freude. Sexualität ist der Schrecken eines Kindes. Aber was soll ich mir selbst über die Liebe sagen, von der ich jetzt wußte?

Es ist fast unmöglich. Im Neutralen der Liebe liegt eine immerwährende Freude, wie das Geräusch von Blättern im Wind. Und ich paßte genau in die neutrale Nacktheit der Frau an der Wand. Dasselbe Neutrale, das mich in verderblicher, gieriger Freude verzehrt hatte, entsprach genau dem Neutralen, das ich jetzt als eine andere Form der ununterbrochenen Freude der Liebe vernahm. Was Gott ist, offenbarte sich eher im neutralen Rascheln der Blätter im Wind als in meinem früheren menschlichen Gebet.

Es sei denn, ich brächte es fertig, das wahre Gebet zu sprechen, ein Gebet, das den anderen und mir selbst wie eine Kabbala der schwarzen Magie, wie ein neutrales Murmeln vorkäme.

Dieses Murmeln ohne jeglichen menschlichen Sinn entspräche meiner an die Identität der Dinge grenzenden Identität. Ich weiß, daß dieses neutrale Gebet in bezug auf das Menschliche eine Ungeheuerlichkeit wäre. Aber gemessen an dem, was Gott ist, bedeutete es: zu sein.

Ich war gezwungen worden, in die Wüste zu gehen, um mit Schrecken zu erkennen, daß die Wüste lebendig ist, um zu erkennen, daß eine Schabe das Leben ist. Ich war zurückgewichen, bis ich erkannte, daß das tiefste Leben in mir vor dem menschlichen liegt – und dafür hatte ich den teuflischen Mut aufgebracht, auf die Gefühle zu verzichten. Um die mehr als menschliche Größe des Gottes verstehen zu können, hatte ich dem Leben keinen menschlichen Wert mehr beimessen dürfen. Hatte ich um das Gefährlichste und am strengsten Verbotene gebeten? hatte ich, indem ich meine Seele riskierte, etwa verwegen gefordert, Gott zu sehen?

Und jetzt befand ich mich wie vor Seinem Antlitz und verstand nicht – vergeblich stand ich vor Ihm und befand mich erneut vor dem Nichts. Genauso wie allen anderen war auch mir alles geschenkt worden, aber ich hatte mehr gewollt: ich hatte dieses Alles erkennen wollen. Meine Seele hatte ich verkauft, um zu erkennen. Jetzt aber begriff ich, daß ich sie nicht dem Teufel verkauft hatte, sondern – was weitaus gefährlicher war – dem Gott. Der mich hatte sehen lassen. Denn Er wußte, daß ich nicht wirklich zu sehen vermöchte, was ich sah: des Rätsels Lösung ist die Wiederholung des Rätsels. Was bist du? und die Antwort lautet: du bist. Was existierst du? und die Antwort lautet: was du existierst. Ich besaß die Fähigkeit, die Frage zu stellen, doch nicht die Fähigkeit, die Antwort zu hören.

Nein, nicht einmal die Frage hatte ich zu stellen gewußt. Gleichwohl drängte sich mir seit meiner Geburt die Antwort auf. Da die Antwort immer wieder erfolgte, war ich gezwungen, auf umgekehrtem Wege nach der entsprechenden Frage zu suchen. So hatte ich mich in einem Labyrinth von Fragen verloren und aufs Geratewohl Fragen gestellt, in der Hoffnung, daß eine von ihnen zufällig einer Antwort entspräche, die ich dann verstehen könnte.

Doch ich war wie ein Mensch, der blind geworden war und niemanden an seiner Seite hatte, der sehen konnte; dieser Mensch konnte nicht einmal eine Frage über das Sehen formulieren: er konnte nicht wissen, daß es das Sehen gab. Aber da es das Sehen tatsächlich gibt, selbst wenn dieser Mensch an sich nichts davon wußte und auch niemanden darüber hatte reden hören, würde dieser Mensch unruhig und aufmerksam innehalten, ohne nach dem fragen zu können, von dem er nicht wußte, daß es existiert – er würde den Mangel dessen spüren, was ihm gehören sollte.

Er würde den Mangel dessen spüren, was ihm gehören sollte.

– Nein. Ich habe dir nicht alles erzählt. Ich versuchte noch zu entkommen, indem ich mir selbst nur einen Teil erzählte. Aber meine Befreiung wird nur dann gelingen, wenn ich die Unverfrorenheit besitze, mein eigenes Unverständnis walten zu lassen.

Da, auf dem Bett sitzend, sagte ich also zu mir:

– Es wurde mir alles geschenkt, und siehe da, was dies alles ist! es ist eine Schabe, die lebt und die kurz vor ihrem Tode steht. Dann betrachtete ich die Türklinke. Und dann das Holz des Kleiderschranks. Das Fensterglas. Sieh nur, was ›alles‹ ist: es ist ein Stück Ding, ein Stück Eisen, Baustein, Glas. Ich sagte mir: sieh, wofür du gekämpft hast, um genau das zu bekommen, was du schon vorher hattest, du hast dich erniedrigt, bis die Türen sich für dich öffneten, die Türen zu dem Schatz, den du suchtest: und sieh nur, was dieser Schatz war!

Der Schatz war ein Stück Metall, war ein Stück verputzte Wand, ein Stück Materie in Gestalt einer Schabe.

Schon in vorgeschichtlichen Zeiten hatte ich mich aufgemacht, die Wüste zu durchqueren, und ohne einen Stern, der mich leitete; nur die Verdammnis, nur der Irrweg leitete mich – bis ich halbtot vor ekstatischer Erschöpfung, von der Passion erleuchtet, schließlich den Schrein gefunden hatte. Und im Schrein, in funkelndem Glanz, das verborgene Geheimnis. Das älteste Geheimnis der Welt, dunkel, mich aber mit der Ausstrahlung seiner einfachen Existenz blendend, dort in seinem Glanz funkelnd, daß mir die Augen schmerzten. Im Schrein das Geheimnis:

Ein Stück Ding.

Ein Stück Eisen, der Fühler einer Schabe, ein Stück Kalkmörtel von der Wand.

Meine Erschöpfung warf sich dem Stück Ding zu Füßen, und betete es höllisch an. Das Geheimnis der Kraft war die Kraft selbst, das Geheimnis der Liebe war die Liebe – und das Juwel der Welt ist ein dunkles Stück Ding.

Das Dunkle spiegelte sich in meinen Augen wider. Es war das Geheimnis meines tausendjährigen Weges der Orgie und des Todes, des Glanzes und des Durstes, bis ich endlich gefunden hatte, was ich immer besaß und wofür ich vorher hatte sterben müssen.

Ach, ich bin so direkt, daß ich beinahe symbolisch wirke.

Ein Stück Ding? das Geheimnis der Pharaonen. Und für dieses Geheimnis hatte ich fast mein Leben hingegeben...

Mehr noch, viel mehr: um in den Besitz dieses Geheimnisses zu kommen, das ich auch jetzt noch immer nicht verstehe, gäbe ich erneut mein Leben hin. Auf der Suche nach der Frage, die nach der Antwort kommt, hatte ich die Welt aufs Spiel gesetzt. Die Antwort aber blieb geheim, selbst nachdem offenkundig war, welcher Frage sie entsprach. Ich hatte keine menschliche Antwort auf das Rätsel gefunden. Sondern mehr, ja viel mehr: ich hatte das Rätsel selbst gefunden. Zu viel war mir gegeben worden. Was sollte ich mit dem tun, was mir gegeben worden war? »Daß man den Hunden nicht das Heilige gebe.«

Und ich vermochte nicht einmal, das Ding zu berühren. Ich berührte nur den Raum, der zwischen mir und dem Knoten des Lebens lag – ich befand mich in dem geschlossenen, kontrollierten Vibrationsfeld des Lebensknotens. Der Knoten des Lebens vibriert beim Vibrieren meiner Ankunft.

Meine größtmögliche Annäherung geht über die Entfernung eines Schrittes nicht hinaus. Was hindert mich daran, diesen Schritt nach vorn zu tun? Es ist die dunkle Strahlung, die gleichzeitig von dem Ding und von mir ausgeht. Unsere Ähnlichkeit stößt uns ab; weil wir uns so ähnlich sind, verschmelzen wir nicht miteinander. Und wenn dieser Schritt doch getan würde?

Ich weiß nicht, ich weiß nicht. Denn das Ding kann niemals wirklich berührt werden. Der Knoten des Lebens ist ein Finger, der auf etwas zeigt – und das, worauf er gezeigt hat, erwacht wie ein Milligramm Radium im lautlosen Dunkel. Dann hört man die feuchten Grillen. Das leuchtende Milligramm verändert das Dunkel nicht. Denn das Dunkel kann nicht erleuchtet werden, das Dunkel ist eine Form des Daseins: das Dunkel ist der Lebensknoten des Dunkels, und an den Lebensknoten eines Dinges läßt sich niemals rühren.

Muß sich das Ding für mich nur auf das beschränken, was das Unberührbare des Dinges umgibt? Mein Gott, gib mir, was Du gemacht hast. Oder hast Du es mir bereits gegeben? und ich bin es, die den Schritt nicht vollziehen kann, der mir geben wird, was Du gemacht hast? Bin ich, was Du gemacht hast? und es gelingt mir nicht, diesen Schritt auf mich hin zu tun, Mich, das du bist, Ding und Du. Gib mir, was Du bist im Mich. Gib mir, was Du bist in den anderen. Du bist der Er, ich weiß; ich weiß es, denn wenn ich daran rühre, sehe ich den Er. Aber der Er, der Mensch, hütet das, was Du ihm gegeben hast, und umgibt sich mit einer Hülle, die speziell angefertigt wurde, damit ich sie berühren und sehen kann. Aber ich will mehr als die Hülle, die ich auch liebe. Ich will das, was ich Dich liebe.

Aber außer der Hülle war ich nur auf das Rätsel selbst gestoßen. Und ich zitterte am ganzen Körper vor Angst vor dem Gott.

Ich zitterte vor Angst und vor brennender Liebe für das, was ist.

Was ist und was nichts weiter als ein Stück Ding ist, aber dennoch muß ich meine Augen mit den Händen bedecken zum Schutz vor der Undurchsichtigkeit dieses Dinges. Ach, die gewaltsame unbewußte Liebe dessen, was ist, überschreitet die Möglichkeiten meines Bewußtseins. Ich habe Angst vor so viel Materie – die Materie vibriert vor Aufmerksamkeit, vor steter Bewegung, vibriert vor inhärenter Unmittelbarkeit. Das Seiende schlägt in starken Wellen gegen das unzerstörbare Korn, das ich bin, und dieses Korn rollt in den Abgründen lautloser riesiger Wellen des Daseins, es rollt hin und her und löst sich nicht auf, dieses Samenkorn.

Wovon bin ich der Samen? Samen des Dinges, Samen des Seins, Samen dieser riesigen Wellen neutraler Liebe. Ich, ein Mensch, bin ein Keim. Der Keim ist empfindsam – dies ist seine einzige und einmalige Eigenheit. Der Keim schmerzt. Der Keim ist gierig und schlau. Meine Gier ist mein ursprünglichster Hunger: und weil ich gierig bin, bin ich rein.

Aus diesem Keim, der ich bin, ist auch diese lustvolle Materie erschaffen: das Ding. Das Ding, ein Sein, das im Werden Befriedigung erfährt und das zutiefst und ausschließlich mit diesem Werden beschäftigt ist, in dem es erzittert. Dieses Stück Ding in dem Schrein ist das Geheimnis der Schatzkammer. Sogar die Schatzkammer selbst besteht aus demselben Geheimnis; der Schrein, in dem sich das Juwel der Welt befindet, auch der Schrein besteht aus demselben Geheimnis.

Ach, und all das will ich nicht! Ich hasse, was ich zu sehen vermochte. Ich will diese aus Ding bestehende Welt nicht!

Ich will nicht. Aber ich kann nicht verhindern, daß durch die Armseligkeit des Undurchsichtigen und des Neutralen sich eine fühlbare Weite in mir auftut: das Ding besitzt die Lebenskraft der Gräser. Und wenn das die Hölle ist, dann ist es das Paradies selbst: die Wahl bleibt mir überlassen. Ich bin es, die zum Dämon oder zum Engel wird: werde ich zum Dämon, so ist dies die Hölle; werde ich engelsgleich, ist es das Paradies. Ach, ich entsende meinen Engel, damit er mir den Weg bereite. Nein, nicht meinen Engel: aber meine Menschlichkeit und seine Barmherzigkeit.

Ich sandte meinen Engel aus, damit er mir den Weg ebnete und den Steinen verkündete, ich käme und sie möchten mein Unverständnis bitte mit Nachsicht behandeln.

Und mein sanftmütigster Engel war es, der das Stück Ding fand. Er konnte nur das finden, was war. Denn selbst wenn etwas vom Himmel fällt, ist es zum Beispiel ein Meteorit, das heißt, ein Stück Ding. Mein Engel bringt mich dazu, ein Stück Eisen oder ein Stück Glas anzubeten.

Aber meine Aufgabe wird es sein, mich davon abzuhalten, dem Ding einen Namen zu geben. Der Name ist ein Zusatz, der es verhindert, mit dem Ding in Berührung zu kommen. Der Name des Dinges bildet einen Abstand zu dem Ding. Der Wunsch nach dem Zusatz ist groß – weil das bloße Ding so langweilig ist.

Weil das bloße Ding so langweilig ist.

Ach, dann hatte ich deshalb also schon immer eine Art Liebe für die Langeweile empfunden. Und einen anhaltenden Haß.

Denn die Langeweile ist geschmacklos und gleicht dem Ding selbst. Und ich, ich war nicht groß genug gewesen: nur die Großen lieben die Monotonie. Die Berührung mit dem Superton des Atonalen birgt eine ausdruckslose Freude, die nur das Fleisch im Akt der Liebe erträgt. Die Großen haben diese wesentliche Eigenschaft des Fleisches, und sie ertragen nicht nur das Atonale, sie streben es sogar an.

Früher hatten meine Anstrengungen darin bestanden, unentwegt zu versuchen, das Atonale in Tonalität umzuwandeln, das Unendliche in Endlichkeiten einzuteilen, und das, ohne zu merken, daß Endlichkeit nicht Quantität, sondern Qualität ist. Und mein großes Unbehagen dabei beruhte auf dem Gefühl, daß die Reihe der Endlichkeiten, sei sie auch noch so lang, die residuale Qualität der Unendlichkeit niemals ausschöpfen würde.

Aber die Langeweile – die Langeweile war die einzige Form gewesen, in der ich das Atonale hatte spüren können. Und ich hatte nur nicht gemerkt, daß mir die Langeweile gefiel, weil ich unter ihr litt. Aber was das Leben angeht, so ist das Leid kein geeigneter Maßstab: das Leid ist ein notwendiges Nebenprodukt und ist nicht der Rede wert, wenn es auch noch so groß ist.

Ach, und ich, die ich all dies so viel früher hätte begreifen müssen! Ich, die ich insgeheim das Ausdruckslose zu meinem Gegenstand gemacht hatte. Ein ausdrucksloses Gesicht faszinierte mich; der Augenblick, der keinen Höhepunkt darstellte, zog mich an. Die Natur, was ich an der Natur liebte, war ihre überwältigende Ausdruckslosigkeit.

– Ach, ich weiß nicht, wie ich es dir sagen soll, denn ich neige nur dann zur Beredsamkeit, wenn ich irre, der Irrtum verleitet mich dazu, zu diskutieren und nachzudenken. Aber wie soll ich mit dir reden, wenn Schweigen herrscht, solange ich nicht irre? Wie soll ich mit dir über das Ausdruckslose reden?

Sogar in der Tragödie, denn die wahre Tragödie liegt in der Unerbittlichkeit ihrer Ausdruckslosigkeit, die ihre nackte Identität ist.

Manchmal – manchmal bringen wir selbst das Ausdruckslose zum Ausdruck – das geschieht in der Kunst, ebenso in der körperlichen Liebe – das Ausdruckslose zum Ausdruck bringen, heißt erschaffen. Im Grunde sind wir sehr, sehr glücklich! denn es gibt nicht nur eine Form, mit dem Leben Verbindung aufzunehmen, es gibt auch die negativen Formen! auch die schmerzhaften, auch die nahezu unmöglichen – und all das, all das noch bevor wir sterben, all das, sogar während wir wach sind! Und manchmal gibt es auch eine Erregung im Atonalen, die Ausdruck einer tiefen Freude ist: das erregte Atonale ist wie zu einem Höhenflug aufsteigen – die Natur ist das erregte Atonale; dergestalt vollzog sich die Entstehung der Welten: das Atonale geriet in Aufruhr.

Und daß man die Blätter sehe, wie grün und schwer sie sind, sie geraten in dem Aufruhr zum Ding, wie blind die Blätter sind und wie grün. Und daß man in der Hand wäge, daß alles Gewicht hat, der ausdruckslosen Hand entgeht die Schwere nicht. Daß man nicht den aufwecke, der völlig abwesend ist, denn wer in sich versunken ist, fühlt wie schwer die Dinge wiegen. Einer der Beweise für das Ding ist sein Gewicht: es fliegt nur, was wiegt. Und es fällt auch nur – der himmlische Meteorit –, was schwer ist.

Oder bedeutet das alles, daß ich noch immer das Vergnügen an den Worten für die Dinge will? oder bedeutet es, daß ich noch immer den Orgasmus der äußersten Schönheit, des Verständnisses, der extremen Geste der Liebe will?

Denn die Langeweile ist ein allzu ursprüngliches Glück! Und darum ist mir das Paradies unerträglich. Ich will das Paradies nicht, ich habe Sehnsucht nach der Hölle! Ich habe nicht das Format, im Paradies zu bleiben, denn das Paradies hat keinen menschlichen Geschmack! es schmeckt nach Ding, und das lebendige Ding hat genau so wenig Geschmack wie Blut im Mund, wenn ich mich schneide und das Blut aussauge und ganz erstaunt bin, daß mein eigenes Blut keinen menschlichen Geschmack hat.

Und die Muttermilch, die menschlich ist, die Muttermilch ist viel ursprünglicher als das Menschliche und hat keinen Geschmack, sie schmeckt nach nichts, ich habe es schon ausprobiert – es ist wie bei dem steinernen Auge einer Statue, das leer und ausdruckslos ist, denn wenn die Kunst gut ist, ist es ihr gelungen, an das Ausdruckslose zu rühren, die schlechteste Kunst ist die ausdrucksstarke, jene, die gegen das Stück Eisen verstößt und gegen das Stück Glas und gegen das Lächeln und gegen den Schrei.

– Ach, Hand, die du mich festhältst, wenn ich, um mein Leben zu formen, meiner nicht so sehr bedurft hätte, dann hätte ich das Leben schon gehabt.

Aber das wäre, auf der Ebene des Menschlichen, die Zerstörung: das Leben anstelle des eigenen Lebens zu leben, ist verboten. In die göttliche Materie einzudringen, ist eine Sünde. Und diese Sünde wird unausweichlich bestraft: der Mensch, der es wagt, in dieses Geheimnis einzudringen, hebt die Ordnung der menschlichen Welt auf, indem er sein individuelles Leben verliert. Auch ich hätte meine soliden Bauten in der Luft stehenlassen können, obwohl ich wußte, daß sie abgerissen werden konnten – wäre nicht die Versuchung gewesen. Und die Versuchung kann bewirken, daß man nicht ans andere Ufer gelangt.

Aber warum nicht im Inneren bleiben, ohne den Versuch zu unternehmen, das gegenüberliegende Ufer zu erreichen? Im Inneren des Dinges zu verweilen, ist der Wahnsinn. Ich will nicht im Inneren bleiben, sonst würde meine frühere Vermenschlichung, die sich nur schrittweise vollzogen hatte, ihrer Grundlage beraubt werden.

Und ich will meine Menschlichkeit nicht verlieren! ah, sie zu verlieren, schmerzt, Liebling, es schmerzt ebensosehr, wie einen Körper aufzugeben, der noch lebendig ist und sich weigert, zu sterben, wie die abgehackten Stücke einer Eidechse.

Aber jetzt war es zu spät. Ich müßte größer sein als meine Angst, und ich müßte erkennen, woraus meine frühere Vermenschlichung bestanden hatte. Ach, ich muß so fest an den wahren und verborgenen Keim meiner Menschlichkeit glauben, daß ich keine Angst haben darf, die Vermenschlichung von innen zu sehen.

Ich darf keine Angst haben, die Vermenschlichung von innen zu sehen.

– Gib mir nochmals deine Hand, denn ich weiß noch nicht, wie ich mich über die Wahrheit hinwegtrösten soll.

Aber – fühle einen Augenblick mit mir – der größte Zweifel an der Wahrheit der Vermenschlichung wäre der, zu glauben, die Wahrheit zerstöre die Vermenschlichung. Warte auf mich, warte: ich weiß, daß ich später wissen werde, wie all das in mein tägliches Leben eingefügt werden kann, vergiß nicht, daß auch ich den Alltag brauche!

Aber sieh, mein Liebes, die Wahrheit kann nicht verwerflich sein. Die Wahrheit ist das, was sie ist – und gerade weil sie so unumstößlich ist, was sie ist, muß sie unsere große Sicherheit sein, genau wie der Wunsch nach Vater oder Mutter so lebensnotwendig ist, daß er zu unserer Grundlage werden mußte. Warum sollte ich daher, verstehst du? warum sollte ich Angst haben, vom Guten wie vom Bösen zu essen? wenn beide existieren, dann nur, weil sie Teil dessen sind, was existiert.

Warte auf mich, ich weiß, daß ich auf etwas zugehe, das schmerzt, denn ich verliere etwas anderes – hab noch ein wenig Geduld mit mir, damit ich noch ein bißchen weiterkomme. Wer weiß, vielleicht wird aus all dem noch ein Name hervorgehen! ein wortloser Name, der aber vielleicht die Wahrheit meiner menschlichen Bildung vertieft.

Erschrick nicht, wie ich erschrocken bin: es kann nicht verwerflich sein, das Leben in seinem Plasma gesehen zu haben. Es ist gefährlich, und es ist eine Sünde, aber es kann nicht verwerflich sein, denn wir bestehen aus diesem Plasma.

– Hör mich an und erschrick nicht: erinnere dich daran, daß ich von der verbotenen Frucht gegessen habe, aber dennoch nicht von der Orgie vernichtet wurde. Also hör zu: das bedeutet, daß meine Erlösung eher gewährleistet ist, als sie es wäre, wenn ich nicht vom Leben gegessen hätte... Hör doch, weil ich mich in den Abgrund fallen ließ, beginne ich, diesen Abgrund, der ich bin, zu lieben. Die Identität kann gefährlich sein infolge der großen Lust, die sich darin erschöpfen könnte, ausschließlich Lust zu sein. Aber jetzt bin ich im Begriff, meine Liebe zum Ding anzunehmen!

Es ist nicht gefährlich, ich schwöre, daß es nicht gefährlich ist.

Denn der Zustand der Gnade ist ein fortwährender Prozeß: erlöst sind wir immer. Die ganze Welt befindet sich im Zustand der Gnade. Der Mensch erliegt nur dann der Sanftmut, wenn er merkt, daß er sich im Zustand der Gnade befindet; zu spüren, daß man im Zustand der Gnade ist, das ist die Gabe, und nur wenige wagen es, dies in sich zu erkennen. Ich aber weiß jetzt, daß die Gefahr der Verdammnis nicht besteht: der Zustand der Gnade ist inhärent.

– Hör gut zu. Ich war nichts anderes gewohnt, als zu transzendieren. Hoffnung war für mich Aufschub. Nie hatte ich meine Seele frei gelassen, und schnell hatte ich mich zur wohlgeordneten Person gemacht, denn es ist allzu riskant, die Form zu verlieren. Jetzt aber erkenne ich, was mir in Wirklichkeit geschah: mein Vertrauen war derart gering, daß ich nur die Zukunft entworfen hatte, an das, was ist, glaubte ich so wenig, daß ich die unmittelbare Gegenwart zu einem Versprechen machte und auf die Zukunft verschob.

Aber ich entdeckte, daß es nicht einmal nötig ist, Hoffnung zu haben.

Es ist viel schlimmer. Ach, ich weiß, daß ich von neuem an das Gefährliche rühre und daß ich mir gegenüber verstummen sollte. Man darf nicht sagen, daß die Hoffnung nicht notwendig ist, denn das könnte zu einer selbstzerstörerischen Waffe werden, zumal für mich, die ich schwach bin. Selbst für dich könnte diese Waffe sich als nützliches Instrument der Zerstörung erweisen.

Möglicherweise könnte ich oder könntest du nicht verstehen, daß auf diese Hoffnung zu verzichten – in Wirklichkeit erfordert, zu handeln, und zwar heute. Nein, es ist nicht zerstörerisch, warte, laß mich uns verstehen. Es ist ein verbotenes Thema, nicht weil es verwerflich ist, sondern weil wir uns dabei in Gefahr begeben.

Ich weiß, wenn ich auf das verzichte, was ein durch die Hoffnung zusammengehaltenes Leben war, ich weiß, all das zurückzulassen – zugunsten dieses Größeren, das heißt, lebendig zu sein –, all das zurückzulassen, schmerzt so sehr wie die Trennung von einem ungeborenen Kind. Die Hoffnung ist ein noch nicht geborenes, ein nur versprochenes Kind, und es tut weh.

Ich weiß auch, daß ich mich einerseits zügeln, andererseits aber die Zügel schießen lassen möchte. Es ist wie im Todeskampf: im Sterben will sich etwas befreien, das gleichzeitig Angst hat, den sicheren Körper zu verlassen. Ich weiß, es ist gefährlich, von der fehlenden Hoffnung zu sprechen, aber höre – in mir gibt es eine tiefe Alchimie, die im Feuer der Hölle geschmiedet wurde. Und das gibt mir das größere Recht: das zu irren.

Hör mich an, ohne zu erschrecken und ohne zu leiden: das Neutrale des Gottes ist so groß und lebendig, daß ich, die ich die Zelle des Gottes nicht ertragen konnte, sie vermenschlichen mußte. Ich weiß, es ist schrecklich gefährlich, jetzt zu entdecken, daß der Gott über die Gewalt des Unpersönlichen verfügt – ja, ich weiß, oh, ich weiß es! es ist so, als bedeutete das die Zerstörung des Gebets!

Und es ist so, als hörte die Zukunft auf, dereinst zu existieren. Das aber ertragen wir nicht, denn wir sind bedürftige Wesen.

Aber hör einen Augenblick zu: ich spreche nicht von der Zukunft, ich spreche von einer immerwährenden Gegenwart. Und das bedeutet, daß es die Hoffnung nicht gibt, denn sie ist nicht länger eine verschobene Zukunft, sie ist das Heute. Weil der Gott keine Versprechungen macht. Er ist viel größer als das: Er ist und Er hört niemals auf zu sein. Wir sind es, die dieses stets gegenwärtige Licht nicht ertragen, und dann verschieben wir es auf später, nur um es nicht schon heute und sofort zu spüren. Die Gegenwart ist das Antlitz des Gottes. Die Erkenntnis, daß wir Gott sehen, noch während wir leben, flößt uns Entsetzen ein. Und Gott sehen wir sogar mit offenen Augen. Wenn ich das Antlitz der Wirklichkeit auf die Zeit nach meinem Tod verschiebe, so aus reiner List, weil ich es vorziehe, in der Stunde, in der ich Ihn sehe, tot zu sein; auf diese Weise glaube ich, daß ich Ihn nicht richtig sehen werde, genauso wie ich auch nur dann, wenn ich schlafe, den Mut habe, wirklich zu träumen.

Ich weiß, daß das, was ich spüre, gefährlich ist und mich zerstören kann. Denn – denn es ist, als überbrächte ich mir die Nachricht, daß das Himmelreich bereits jetzt ist.

Ich aber will diesen Ort der ewigen Seligkeit nicht, ich will ihn nicht, ich ertrage nur seine Verheißung! Diese Nachricht, die ich mir selbst überbringe, klingt mir nach Unheil und erneut nach dem Dämonischen. Aber nur aus Angst. Es ist Angst. Denn auf die Hoffnung zu verzichten heißt, daß ich anfangen muß, zu leben und nicht nur, mir das Leben zu versprechen. Und das ist der größte Schrecken, der mir widerfahren kann. Früher habe ich gehofft. Aber der Gott ist heute: sein Reich hat schon begonnen.

Und sein Reich, mein Liebster, ist auch von dieser Welt. Ich hatte nicht den Mut, aufzuhören, ein Versprechen zu sein, und ich versprach mir, so wie ein Erwachsener, der nicht den Mut hat, einzusehen, daß er bereits erwachsen ist, und sich weiterhin die Reife verspricht.

Und siehe da, ich wußte, daß die göttliche Verheißung des Lebens sich bereits erfüllt, und sich schon immer erfüllt hatte. In einer plötzlichen Vision, die sich sogleich wieder verflüchtigte, wurde ich früher ab und zu daran erinnert, daß die Verheißung nicht nur für die Zukunft gilt, sie galt gestern und sie gilt heute immerdar: und das war für mich ein Schock. Ich zog es vor, weiterhin zu bitten, ohne den Mut aufzubringen, bereits zu haben.

Ich habe. Ich werde immer haben. Ich brauche nur etwas zu benötigen, und schon erhalte ich es. Zu benötigen ist ein Zustand ohne Ende, denn zu benötigen ist eine Inhärenz meines Neutralen. Das, was ich aus der Bitte und aus der Not mache – das wird das Leben sein, das ich aus meinem Leben zu machen vermochte. Nicht mit der Hoffnung konfrontiert werden bedeutet nicht, auf das Bitten zu verzichten! und ebensowenig, keine Not mehr zu leiden. Ach, es bedeutet, die Not zu vergrößern, bedeutet, die Bitte, die der Not entspringt, bis ins Unendliche zu wiederholen.

Die Bitte, die der Not entspringt, bis ins Unendliche zu wiederholen.

Nicht für uns geben die Kühe Milch, aber wir trinken sie. Die Blume wurde nicht gemacht, damit wir sie anschauen oder ihren Duft spüren, aber wir schauen sie an und riechen an ihr. Die Milchstraße existiert nicht, damit wir von ihrer Existenz wissen, aber trotzdem wissen wir davon. Und wir wissen von Gott. Und das, was wir von Ihm benötigen, holen wir uns. (Ich weiß nicht, was ich Gott nenne, aber es kann so genannt werden.) Daß wir nur sehr wenig von Gott wissen, liegt daran, daß wir wenig brauchen: wir haben von Ihm nur das, was uns unfehlbar genügt, wir haben von Gott nur das, was in uns Platz hat. (Die Sehnsucht ist nicht die nach dem Gott, der uns fehlt, es ist die Sehnsucht nach uns selbst, die wir uns nicht genug sind; uns fehlt unsere unerreichbare Größe – meine unerreichbare Gegenwart ist mein verlorenes Paradies.)

Wir leiden daran, daß wir so wenig Hunger haben, obwohl unser kleiner Hunger uns schon das Gefühl der tiefen Unlust gibt, die wir empfänden, wären wir eines größeren Hungers fähig. Milch trinken wir nur so viel, wie der Körper braucht, und von der Blume sehen wir nur das, was unsere Augen zu fassen vermögen, Augen, die sich so schnell satt sehen. Je mehr wir Ihn brauchen, desto mehr existiert Gott. Je mehr wir fassen könnnen, desto mehr wird Gott uns zuteil werden.

Er läßt es zu. (Er wurde nicht für uns geboren, noch wurden wir für Ihn geboren, aber wir und Er sind zur gleichen Zeit.) Er ist ununterbrochen damit beschäftigt, zu sein, so wie alle Dinge sind, aber Er hindert uns nicht daran, daß wir uns Ihm zuwenden und mit Ihm gemeinsam damit beschäftigt sind, zu sein, mit Ihm in einem so fließenden und beständigen Austausch zu sein wie dem, zu leben. Er zum Beispiel, Er benutzt uns ganz und gar, denn es gibt nichts in jedem von uns, das Er, dessen Bedürfnis absolut grenzenlos ist, nicht braucht. Er benutzt uns, und Er hindert uns nicht daran, auch von Ihm Gebrauch zu machen. Das Erz in der Erde ist nicht verantwortlich dafür, daß es nicht genutzt wird.

Wir sind sehr rückständig und haben keine Vorstellung davon, wie man aus Gott in diesem Austausch Nutzen ziehen kann – so als hätten wir noch nicht entdeckt, daß die Milch zum Trinken da ist. In ein paar Jahrhunderten oder in ein paar Minuten stellen wir vielleicht erstaunt fest: wer hätte das geahnt, daß Gott immer da war! Ich war diejenige, die kaum da war – genau wie wir es vom Erdöl sagen würden, welches wir schließlich so dringend benötigten, daß wir lernten, wie man es fördert; genau wie wir eines Tages die beklagen werden, die an Krebs gestorben sind, ohne das Medikament zu nutzen, das da ist. Sicherlich müssen wir noch nicht an Krebs nicht sterben. Es ist alles da. (Vielleicht wissen Wesen eines anderen Planeten bereits von den Dingen und leben in einem Austausch mit ihnen, der für sie natürlich ist; für uns wäre dieser Austausch vorläufig eine ›Heiligkeit‹ und würde unser Leben völlig verwirren.)

Wir trinken die Milch der Kuh. Und wenn die Kuh sich dagegen wehrt, gebrauchen wir Gewalt. (Im Leben und im Tod ist alles erlaubt, denn leben ist immer eine Frage von Leben-und-Tod.) Was Gott betrifft, können wir auch durch Gewalt einen Weg finden. Er selbst, wenn Er einen von uns ganz besonders braucht, Er erwählt uns und tut uns Gewalt an.

Nur daß ich die Gewalt, die ich Gott antue, mir selbst antun muß. Ich muß mir Gewalt antun, um mehr zu benötigen. Damit ich in meiner Verzweiflung so viel größer werde, daß ich mich leer und bedürftig fühle. Somit werde ich an die Wurzel der Not gerührt haben. Diese große Leere in mir wird der Ort sein, wo ich lebe; meine äußerste Armut wird zu einer großen Begierde. Ich muß mir so lange Gewalt antun, bis ich nichts mehr habe und alles benötige; wenn ich brauche, werde ich haben, denn ich weiß, daß es gerecht ist, dem mehr zu geben, der mehr erbittet; meine Forderung entspricht meiner Größe, meine Leere ist mein Maß. Es ist aber auch möglich, Gott mit unmittelbarer Gewalt zu treffen, durch eine Liebe voller Wut.

Er wird verstehen, daß diese unsere wütende und mörderische Gier in Wahrheit unsere heilige, lebensspendende Wut ist, ein Versuch der Gewalttätigkeit gegen uns selbst, ein Versuch, mehr zu essen, als wir können, um unseren Hunger künstlich zu steigern – in der Forderung nach Leben ist alles, selbst das Künstliche, erlaubt, manchmal ist das Künstliche das große Opfer, das man bringt, um das Wesentliche zu erreichen.

Aber warum genügt uns nicht das wenige, da wir ohnehin gering sind und deshalb nur wenig brauchen? Weil wir eine Ahnung von der Lust haben. Wie Blinde, die sich vorwärts tasten, ahnen wir die intensive Lust, zu leben.

Und wenn wir sie erahnen, dann nicht zuletzt deswegen, weil wir beunruhigt merken, daß Gott uns benutzt, wir fühlen erregt, daß Er uns mit einer intensiven ununterbrochenen Lust benutzt – unsere Rettung ist übrigens bislang die gewesen, daß wir wenigstens benutzt wurden, wir sind zu etwas da, wir werden intensiv von Gott gebraucht; Leib und Seele und Leben sind dazu da: für den Austausch und die Ekstase von jemandem. Unruhig spüren wir, daß wir benutzt werden – das aber weckt in uns den beunruhigenden Wunsch, ebenfalls zu benutzen.

Und Er läßt es nicht nur zu, sondern braucht es regelrecht, gebraucht zu werden; gebraucht zu werden ist eine Möglichkeit, verstanden zu werden. (In allen Religionen fordert Gott, geliebt zu werden.) Um zu bekommen, brauchen wir es nur zu brauchen. Die höchste Stufe ist immer die Not. So wie die gefährlichste Freude zwischen einem Mann und einer Frau sich dann einstellt, wenn die Bedürftigkeit so groß ist, daß man voller Angst und Erstaunen feststellt: ohne dich könnte ich nicht leben. Indem sich die Liebe zeigt, offenbart sich gleichzeitig der Mangel – selig sind die, die da geistig arm sind, denn ihrer ist das herzzerreißende Reich des Lebens.

Wenn ich die Hoffnung aufgebe, zelebriere ich meinen eigenen Mangel, und das ist der blutige Ernst im Leben. Da ich meinen Mangel aber akzeptiert habe, ist das Leben greifbar. Viele sind es, die alles verlassen haben, was sie hatten, und auf die Suche gingen nach dem größeren Hunger.

Oh, ich habe meine Schüchternheit verloren: Gott ist schon jetzt. Wir wurden schon angekündigt, und es war mein eigenes falsches Leben, das mich dem richtigen verkündete. Die Seligkeit ist die beständige Lust des Dinges; der Lauf des Dinges ist lustvoll und erlaubt, das zu berühren, was man mehr und mehr braucht. Mein ganzer betrügerischer Kampf beruhte darauf, daß ich die Verheißung, die in Erfüllung geht, nicht auf mich nehmen wollte: ich wollte die Realität nicht.

Denn wirklich zu sein bedeutet, auch die Verheißung zu akzeptieren: die eigene Unschuld auf sich zu nehmen und den Geschmack wiederzugewinnen, der uns nie zum Bewußtsein gekommen ist: den Geschmack des Lebendigen.

Den Geschmack des Lebendigen.

Es ist ein Geschmack, der kaum zu spüren ist. Und das, weil die Dinge sehr fein sind. Ach, die Versuche, die Hostie zu schmecken.

Das Ding ist von einer solchen Feinheit, daß ich mich wundere, es überhaupt zu sehen. Es gibt aber auch Dinge, die noch viel feiner sind, daß sie nicht mehr sichtbar sind. Doch sie alle sind von einer Zartheit, die der Bedeutung entspricht, die das Gesicht für den Körper hat: die Ergriffenheit eines Körpers, die das menschliche Gesicht ist. Das Ding hat eine ihm eigene Ergriffenheit, wie ein Gesicht.

Ach, und ich, die ich nicht wußte, wie ich meine ›Seele‹ verkörpern sollte. Meine Seele ist nicht unkörperlich, sie ist aus feinstem dinglichen Stoff. Sie ist Ding, aber es gelingt mir nicht, sie in einer sichtbaren Dimension zu verköpern.

Ach, Liebster, die Dinge sind sehr fein. Wir Menschen mit unserem Übermaß an Gefühl, wir trampeln auf ihnen herum. Nur die Unschuldigen oder nur die Eingeweihten spüren in ihrer Feinheit den kaum wahrnehmbaren Geschmack der Dinge. Früher brauchte ich die Würze in allem und dabei überging ich das Ding und schmeckte nur die Gewürze.

Den Geschmack einer Kartoffel konnte ich nicht spüren, denn sie besteht fast aus derselben Materie wie Erde; die Kartoffel ist so fein, daß ich – unfähig, auf der Ebene der Feinheit einer nur nach Erde schmeckenden Kartoffel zu leben – daß ich sie mit meinen plumpen menschlichen Füßen zertrat und die Feinheit, die sie als lebendiges Ding besaß, zerstörte. Denn das lebende Material ist äußerst unschuldig.

Und meine eigene Unschuld? Sie schmerzt mich. Denn ich weiß auch, daß Unschuld auf einer nur menschlichen Ebene bedeutet, so grausam zu sein, wie die Schabe sich selbst gegenüber grausam ist, während sie langsam und ohne zu leiden stirbt; den Schmerz zu überschreiten ist die größte Grausamkeit. Und davor habe ich Angst, ich, die ich äußerst moralisch bin. Aber jetzt weiß ich, daß ich noch viel mutiger sein muß: ich muß den Mut aufbringen, eine andere Moral zu haben, eine, die so frei ist, daß ich selber sie nicht verstehe und vor ihr erschrecke.

– Ah, ich erinnere mich an dich, der du in meiner Erinnerung der Erste bist. Ich sehe dich vor mir, wie du, um die Steckdose zu reparieren, die elektrischen Drähte verbindest, wie du den positiven vom negativen Pol unterscheidest und die Dinge mit Zartgefühl behandelst.

Ich wußte nicht, daß ich so viel von dir gelernt habe. Was habe ich von dir gelernt? Ich habe gelernt, einem Menschen zuzusehen, der elektrische Drähte zusammenfügt. Ich habe gelernt, dir zuzusehen, wie du einmal einen zerbrochenen Stuhl repariertest. Deine körperliche Tatkraft war das, was bei dir am feinsten war.

– Von allen, die ich jemals gekannt habe, warst du mir am vertrautesten. Du warst die Eintönigkeit meiner ewigen Liebe, und ich wußte es nicht. Für dich empfand ich die Langeweile, die ich an Feiertagen empfinde. Was war das? es war wie das Wasser, das in einen Steinbrunnen fließt, in dem die Jahre in der Glätte des Steins verzeichnet sind, wobei der fließende Wasserstrahl das Moos in zwei Hälften teilt; und wie die Wolke am Himmel, und der geliebte Mann ruht sich aus, und die Liebe ist stehengeblieben; es war ein Feiertag, im Flug der Moskitos das Schweigen. Die Gegenwart verfügbar. Und meine Befreiung, die allmählich vereitelt wurde, der Überdruß, der Überdruß eines Körpers, der nicht bittet und nicht braucht.

Ich war nicht in der Lage, zu erkennen, was für eine Liebe das war. Sie erschien mir wie Langeweile. Es war in der Tat Langeweile. Es war die Suche nach jemandem zum Spielen, es war der Wunsch, die Luft zu vertiefen, tiefer in die Luft einzutauchen, sie zu berühren, die Luft, die nicht dazu da ist, um vertieft zu werden, die dazu bestimmt ist, einfach schwebende Luft zu bleiben.

Ich weiß nicht, ich erinnere mich, daß es ein Feiertag war. Ach, wie sehr ich damals den Schmerz wollte: er würde mich ablenken von diesem großen göttlichen Vakuum, das ich mit dir gemein hatte. Ich, die ruhende Göttin; du, im Olymp. Das große Gähnen des Glücks? Die Entfernung, die einer Entfernung und einer anderen Entfernung und noch einer Entfernung folgte – der Überfluß an Raum, den der Feiertag hat. Diese Entfaltung einer entspannten Energie, die ich nicht im geringsten verstand. Dieser Kuß schon ohne jegliches Verlangen auf die Stirn des zerstreuten Geliebten, der sich ausruht, der nachdenkliche Kuß auf die Stirn des einst geliebten Mannes. Es war ein Nationalfeiertag. Die Flaggen waren gehißt.

Aber die Nacht sank herab. Ich konnte die langsame Verwandlung von etwas, das sich langsam, nur um einen gleichen Tropfen Zeit reicher, in dasselbe Etwas verwandelt, nicht ertragen. Ich erinnere mich, daß ich zu dir sagte:

– Mir ist ein bißchen schlecht, sagte ich, wobei ich mit einem gewissen Überdruß atmete. Was machen wir heute abend?

– Nichts, hast du so viel weiser als ich geantwortet, nichts, es ist Feiertag, sagte der Mann, der mit den Dingen und mit der Zeit zartfühlend umging.

Die tiefe Langeweile – wie eine tiefe Liebe – vereinte uns. Und am folgenden Tag, am frühen Morgen, erschloß sich mir die Welt. Die Dinge entfalteten ihre Pracht; am Nachmittag würde es heiß werden, man konnte es schon jetzt am frischen Schweiß derjenigen Dinge erkennen, die die laue Nacht überlebt hatten wie in einem Krankenhaus die Kranken, die bei Tagesanbruch noch am Leben sind.

Doch all das war für meine derbe Menschlichkeit zu fein. Und ich, ich wollte die Schönheit.

Aber jetzt habe ich eine Moral, die auf Schönheit verzichtet. Voller Sehnsucht werde ich der Schönheit Lebewohl sagen müssen. Für mich war Schönheit ein sanfter Köder, war die Art, wie ich schwach und respektvoll das Ding schmückte, um seinen Kern ertragen zu können.

Jetzt aber ist meine Welt die Welt des Dinges, das ich vorher häßlich oder eintönig genannt hätte – und das mir jetzt schon nicht mehr häßlich noch eintönig erscheint. Ich habe erlebt, wie es tut, die Erde abzunagen und den Boden zu essen, und vermochte darin eine Orgie zu feiern und, überwältigt von moralischem Schrecken, habe ich gemerkt, daß die von mir abgenagte Erde sich auch in Wollust erging. Mein orgiastisches Empfinden entsprang in Wirklichkeit meinem Puritanismus: die Lust beleidigte mich, und aus der Beleidigung machte ich eine noch größere Lust. Früher jedoch hätte ich diese meine jetzige Welt als gewalttätig bezeichnet.

Weil die Geschmacklosigkeit des Wassers gewaltsam ist und weil die Farblosigkeit einer Glasscherbe gewaltsam ist. Es ist eine Gewalt, die um so gewaltsamer ist, da sie neutral ist.

Heute ist meine Welt roh, sie ist eine Welt großer und lebendiger Mühsal. Denn mehr als nach den Sternen zu greifen, will ich heute die dicke, schwarze Wurzel der Sterne, will ich die Quelle, die immer unrein scheint, und unrein ist, die Quelle, die immer unverständlich ist.

Schmerzerfüllt sage ich selbst der Schönheit eines Kindes Lebewohl – ich will den erwachsenen Menschen, der primitiver, häßlicher, spröder und komplizierter ist und der zu einem Kind-Samenkorn wurde, das man mit den Zähnen nicht zerbeißen kann.

Ach, und ich will sehen, ob ich auch schon auf Pferde, die Wasser trinken, verzichten kann, was so schön ist. Meine Empfindsamkeit, die schön macht, will ich auch nicht; aber werde ich auf den Himmel mit den dahintreibenden Wolken verzichten können? und auf die Blume? ich will die schöne Liebe nicht. Ich will das Halbdunkel nicht, ich will das gutgeschnittene Gesicht nicht, ich will das Ausdrucksvolle nicht. Ich will das Ausdruckslose. Ich will das Unmenschliche im Menschen; nein, es ist nicht gefährlich, denn wie immer der Mensch auch beschaffen sein mag, er ist doch immer menschlich, dafür braucht man nicht zu kämpfen: menschlich sein zu wollen, klingt mir zu schön.

Ich will den Stoff, aus dem die Dinge gemacht sind. Die Menschheit ist durchtränkt von dem Versuch, sich zu vermenschlichen, als ob das notwendig wäre, und diese falsche Vermenschlichung verhindert den Menschen und verhindert auch seine Menschlichkeit. Es gibt etwas, das umfassender ist, dumpfer, tiefer, weniger gut, weniger verwerflich, weniger schön. Obwohl auch dieses Gefahr läuft, sich in unseren groben Händen in ›Reinheit‹ zu verwandeln, in unseren Händen, die grob und voller Worte sind.

Unsere Hände, die grob und voller Worte sind.

– Halte es aus, wenn ich dir sage, daß Gott nicht schön ist. Er ist es nicht, weil Er weder Endergebnis noch Vollendung ist, und alles, was wir schön finden, ist dies mitunter nur, weil es seinen Endpunkt erreicht hat. Aber was heute häßlich ist, gilt in einigen Jahrhunderten als schön, denn es wird eine seiner Bewegungen vollendet haben.

Ich will die vollendete Bewegung nicht mehr, die sich in Wirklichkeit niemals vollendet, denn wir sind es, die sie aus einem Wunsch heraus vollenden; ich will nicht mehr so leichtfertig sein, etwas zu mögen, nur weil es scheinbar vollendet ist und mich daher nicht mehr erschreckt, und dann irrtümlicherweise als meines gilt – ich, die ich von der Schönheit nicht genug bekommen konnte.

Ich will die Schönheit nicht, ich will die Identität. Die Schönheit wäre ein Zusatz, und von nun an muß ich darauf verzichten. Die Welt zielt nicht auf Schönheit ab, und das hätte mich früher schokkiert: auf der Welt gibt es keine ästhetische Ebene, nicht einmal die ästhetische Ebene der Güte, und das wäre früher ein Schock für mich gewesen. Das Ding ist viel mehr als das. Der Gott ist größer als die Güte mitsamt ihrer Schönheit.

Ach, sich von all dem verabschieden zu müssen, bedeutet solch eine große Enttäuschung. Aber in der Enttäuschung erfüllt sich die Verheißung, durch die Enttäuschung, durch den Schmerz erfüllt sich die Verheißung, und darum muß man vorher durch die Hölle gehen: bis man einsieht, daß es eine viel tiefere Art zu lieben gibt und daß diese Art auf den Zusatz der Schönheit verzichtet. Gott ist das, was ist, alle Widersprüche sind in Gott enthalten, und darum widersprechen sie Ihm nicht.

Ach, es schmerzt mich in allen Poren, das aufzugeben, was mir die Welt bedeutet hat. Aufzugeben ist eine derart strenge und aggressive Einstellung, daß derjenige, der vom Aufgeben zu sprechen beginnt, festgenommen werden und Einzelhaft bekommen müßte – ich für meinen Teil betrachte mich von Zeit zu Zeit lieber als außer mir, als daß ich den Mut aufbringe, zu glauben, daß dies alles der Wahrheit entspricht.

– Gib mir deine Hand, verlaß mich nicht, ich schwöre dir, auch ich wollte es nicht: ich war auch mit meinem Leben zufrieden, ich war eine Frau, von der man sagen könnte: »Das Leben und Lieben der G. H.«. Ich kann nicht in Worte fassen, wie das System, in dem ich lebte, beschaffen war, aber ich lebte in einem System. Es war, als würde ich mich mit der Tatsache, Magenschmerzen zu haben, abfinden, weil ich, wenn ich sie nicht mehr hätte, auch die wunderbare Hoffnung verlieren würde, eines Tages diese Magenschmerzen loszuwerden: ich brauchte mein früheres Leben, weil ausgerechnet die Not dieses Lebens das war, was es mir erlaubte, von der Vorstellung einer Hoffnung zu zehren, die ich ohne dieses Leben nicht gekannt hätte.

Und jetzt setze ich meine ganze bequeme Hoffnung aufs Spiel, zugunsten einer Wirklichkeit, die so viel größer ist, daß ich meine Augen bedecken muß, weil ich der Hoffnung nicht ins Gesicht sehen kann, die sich so vorzeitig erfüllt – sogar noch vor meinem Tod! Sogar schon lange vor meinem Tod. Auch vor dieser Entdekkung schrecke ich zurück: es gibt eine Moral, in der die Schönheit eine große, bange Oberflächlichkeit besitzt. Jetzt ist das, was mich ruft und mich beim Namen nennt, das Neutrale. Ich habe keine Worte, um es auszudrücken, und darum spreche ich also vom Neutralen. Ich kenne nur diese Ekstase, die mit dem, was wir Ekstase nannten, auch nichts mehr gemein hat, denn sie stellt keinen Höhepunkt dar. Doch diese Ekstase ohne Höhepunkt drückt das Neutrale aus, von dem ich spreche.

Oh, mit mir und mit dir zu reden, verläuft völlig stumm. Mit dem Gott zu reden ist die größte Verstummung, die man sich vorstellen kann. Mit den Dingen zu reden, geschieht in Stummheit. Ich weiß, daß all dies dir traurig klingt und mir auch, denn noch bin ich der Würze des Wortes verfallen. Darum schmerzt mich die Stummheit wie ein Entzug.

Aber ich weiß, daß es notwendig ist: das Ding zu berühren muß ein Murmeln sein, und um mit dem Gott zu sprechen, muß ich zusammenhanglose Silben aneinanderreihen. Meine Not kam daher, daß ich die nichtmenschliche Seite verloren hatte – als ich menschlich wurde, bin ich aus dem Paradies vertrieben worden. Und das wahre Gebet ist ein stummes, nichtmenschliches Oratorium.

Nein, ich muß mich nicht mit Hilfe des Gebets erhöhen: ich muß ein erfülltes, bebendes Nichts werden. Worüber ich mit Gott spreche, darf keinen Sinn ergeben! Wenn es einen Sinn ergibt, dann weil ich irre.

Ach, versteh mich nicht falsch: ich nehme dir nichts weg. Im Gegenteil, ich fordere etwas von dir. Ich weiß, daß es so aussieht, als würde ich uns deiner und meiner Menschlichkeit berauben. Aber es ist das Gegenteil: was ich will, ist, von jenem Anfänglichen und Ursprünglichen zu leben, das dazu geführt hat, daß bestimmte Dinge so weit kamen, menschlich werden zu wollen. Ich will, daß ich von dem schwierigsten menschlichen Teil lebe: daß ich vom Keim der neutralen Liebe lebe, denn dieser Quelle entsprang, was später in bloße Sentimentalität ausartete, so daß der Kern an dem überflüssigen Zierat erstickte und durch die derbe Menschlichkeit in unserem Innern zertreten wurde. Es ist eine viel größere Liebe, die ich mir abverlange – es ist ein so viel größeres Leben, daß es jeglicher Schönheit entbehrt.

Ich habe diesen harten Mut, der mir weh tut wie das Fleisch, das neues Leben gebiert.

Aber nein. Ich habe noch nicht alles erzählt.

Nicht, daß nur das fehlte, was ich jetzt erzählen werde. Es fehlt viel mehr an diesem meinem Bericht an mich selbst; Vater und Mutter fehlen zum Beispiel; ich hatte noch nicht den Mut, sie zu ehren; es fehlen so viele Erniedrigungen, die ich erlitten habe und die ich ausklammere, weil nur die erniedrigt werden, die nicht demütig sind, und anstelle von Erniedrigung müßte ich also von meinem Mangel an Demut sprechen; die Demut ist viel mehr als ein Gefühl, sie ist die mit einem Mindestmaß an Vernunft wahrgenommene Wirklichkeit.

Es gäbe noch viel zu erzählen. Aber es gibt etwas, das unbedingt gesagt werden muß.

Eines weiß ich genau: wenn ich diesen Bericht zu Ende bringe, gehe ich – nicht morgen, sondern heute noch – ins ›Top-Bambino‹ zum Essen und Tanzen, ich muß mich um jeden Preis vergnügen und ablenken. Ja, ich werde das neue blaue Kleid anziehen, das mich schlanker macht und mir ein wenig Farbe gibt. Ich werde Carlos, Josefina, Antônio anrufen, ich erinnere mich nicht mehr so genau, welcher der beiden mir zu verstehen gegeben hatte, daß er mich mochte, oder ob beide mich mochten; ich werde »Crevettes au irgendwas« essen, und weil ich heute abend Crevettes essen werde, weiß ich, daß noch heute abend mein alltägliches Leben wieder einsetzt, das Leben meiner alltäglichen Freude; für den

Rest meiner Tage werde ich meine leichte, süße Vulgarität brauchen, meine gute Laune, ich muß vergessen wie jeder andere Mensch auch.

Denn ich habe noch etwas verschwiegen.

Denn ich habe noch etwas verschwiegen.

Ich habe nicht erzählt, daß ich, während ich unbeweglich dasaß, unentwegt die weißgelbliche, ekelerregende Masse auf der dunklen Schabe anstarrte, ja, der Ekel war immer noch da. Und ich wußte, daß, solange ich Ekel empfand, sowohl die Welt als auch ich mir entgleiten würden. Ich wußte, daß der grundsätzliche Irrtum des Lebens der war, sich vor einer Schabe zu ekeln. Sich davor zu ekeln, den Aussätzigen zu küssen, bedeutete für mich, das ursprüngliche Leben in mir zu verfehlen – denn Ekel zu empfinden, widerspricht mir, widerspricht der Materie, aus der ich bestehe.

In dem Moment, in dem Moment dachte ich das, was ich aus Mitleid mit mir nicht denken wollte. Ich konnte mich nicht länger daran hindern, das zu denken, was ich in Wirklichkeit schon die ganze Zeit gedacht hatte.

Nun aber will ich aus Mitleid mit der anonymen Hand, die ich in meiner halte, aus Mitleid mit dem, was diese Hand nicht verstehen wird – sie nicht mit zu dem Schrecklichen nehmen, zu dem ich gestern alleine gegangen bin.

Denn plötzlich hatte ich erkannt, daß die Zeit gekommen war, nicht bloß zu verstehen, daß ich nicht mehr transzendieren durfte, sondern tatsächlich nicht mehr zu transzendieren. Die Zeit, sofort zu haben, was ich früher meinte, für morgen aufheben zu müssen. Ich versuche dich zu schonen, aber ich kann es nicht.

Denn die Erlösung müßte in dem Ding selbst erfolgen. Die Erlösung in dem Ding hieße, die weiße Masse der Schabe in den Mund zu nehmen.

Schon die Vorstellung allein genügte, damit ich die Augen mit derselben Kraft schloß, wie wenn man die Zähne zusammenbeißt, ich biß sie so fest zusammen, daß die Zähne im Mund mir fast abgebrochen wären. Mein Inneres rebellierte, meine Masse wies die der Schabe zurück.

Mein Schweiß war versiegt, von neuem fühlte ich mich völlig ausgedörrt. Ich versuchte, meinem Ekel mit Vernunft beizukommen. Warum empfand ich angesichts der Masse, die aus der Schabe quoll, Ekel? hatte ich denn nicht von der weißen Milch getrunken, die flüssige mütterliche Masse ist? Und als ich das Ding trank, aus dem meine Mutter bestand, hatte ich es da nicht, auch ohne ihm einen Namen zu geben, Liebe genannt? Aber die Vernunft brachte mich nicht weiter; ich konnte nur die Zähne zusammenbeißen, als wären sie aus Fleisch, das sich mit aller Kraft sträubte.

Ich konnte nicht.

Es gäbe nur eine Möglichkeit, es zu schaffen: wenn ich mir selbst einen hypnotischen Befehl erteilte, würde ich mich in einen Scheinschlaf versetzen und wie eine Schlafwandlerin handeln – und beim Aufschlagen der Augen hätte ich es bereits ›getan‹, und mir wäre, als wachte ich nach einem Alptraum auf, befreit, denn das Schlimmste wäre im Schlaf erlebt worden.

Doch ich wußte, daß ich es nicht in dieser Form tun dürfte. Ich wußte, daß ich die Masse der Schabe bei vollem Bewußtsein essen müßte und daß auch meine Angst daran beteiligt sein müßte. Nur so beginge ich, was mir plötzlich die Antisünde zu sein schien: die Masse der Schabe zu essen, ist die Antisünde, die Todsünde an mir selbst.

Die Antisünde. Aber um welchen Preis.

Um den Preis, den Tod zu durchstehen.

Nicht mit der Entschlossenheit einer Selbstmörderin, aber entschlossen, zu meiner eigenen Mörderin zu werden, erhob ich mich und tat einen Schritt nach vorn.

Ich hatte wieder begonnen zu schwitzen und war jetzt von Kopf bis Fuß in Schweiß gebadet, die feuchten Zehen rutschten in den Pantoffeln, und meine Haarwurzeln weichten von diesem klebrigen Ding auf, das mein frischer Schweiß war, ein Schweiß, den ich nicht kannte und der an den Geruch erinnerte, der nach dem ersten Regen der trockenen Erde entströmt. Dieser Schweiß, der aus der Tiefe kam, war indessen das, was mich belebte, langsam bewegte ich mich auf meinem ältesten durchnäßten Boden, der Schweiß war Planctum und Pneuma und Pablum vitae, ich war im Begriff, zu sein – ich war im Begriff ich zu sein.

Nein, mein Lieber, es war nicht das, was man als gut bezeichnet. Es war das, was man scheußlich nennt. Scheußlich, ungeheuer scheußlich. Denn meine Wurzel, von der ich erst jetzt kostete, schmeckte wie die Knollen der Kartoffel vermischt mit der Erde, der sie entrissen worden waren. Gleichwohl besaß dieser scheußliche Geschmack die erstaunliche Gnade des Lebens, die ich nur verstehen kann, wenn ich sie von neuem spüre, und die ich nur erklären kann, während ich sie erneut verspüre.

Ich tat einen weiteren Schritt nach vorn. Aber anstatt weiterzugehen, erbrach ich plötzlich die Milch und das Brot, die ich am Morgen beim Frühstück zu mir genommen hatte.

Von einem heftigen Brechreiz geschüttelt, dem noch nicht einmal das Zeichen der Übelkeit vorausgegangen war, enttäuscht von mir selbst, verblüfft über meinen Mangel an Kraft, um die Handlung zu vollziehen, die mir die einzige Möglichkeit schien, meinen Körper mit meiner Seele zu vereinen.

Nachdem ich mich erbrochen hatte, war es mir trotz mir gelungen, mich wieder zu beruhigen, meine Stirn hatte sich abgekühlt, und mein Körper sträubte sich nicht mehr.

Was schlimmer war: jetzt würde ich die Schabe ohne die Hilfe der vorherigen Erregung essen müssen, die Erregung, die wie eine Hypnose auf mich gewirkt hätte; ich hatte meine Erregung ausgespien. Nach diesem Aufruhr, der das Erbrechen ist, fühlte ich mich plötzlich körperlich so unbefangen wie ein kleines Mädchen. So müßte es sein – mit der unbeabsichtigten Fröhlichkeit eines kleinen Mädchens würde ich die Masse der Schabe essen.

Da trat ich näher.

Als ich aus meiner Ohnmacht erwachte, empfand ich Freude und Scham. Nein, es war keine Ohnmacht gewesen. Es war eher ein Taumel gewesen, denn ich stand ja noch da, die Hand auf den Kleiderschrank gestützt. Ein Taumel, der mich die verstrichenen Augenblicke und die Zeit hatte vergessen lassen. Noch bevor ich darüber nachdenken konnte, wußte ich jedoch, daß während ich in meinem Taumel nicht dagewesen war, ›etwas getan worden war‹.

Ich wollte nicht daran denken, aber ich wußte es. Ich hatte Angst, im Mund das zu spüren, was ich spürte, ich hatte Angst, mit der Hand über die Lippen zu fahren und dabei auf Spuren zu stoßen. Und ich hatte Angst, die Schabe anzusehen – auf deren undurchsichtigem Rücken sich jetzt weniger weiße Masse befinden müßte...

Ich schämte mich, daß mir schwindlig werden und ich das Bewußtsein verlieren mußte, um das zu tun, wovon ich nie mehr wissen würde, wie ich es getan hatte – denn bevor ich es getan hatte, hatte ich mir die Teilnahme versagt. Ich hatte nicht ›wissen‹ wollen.

So also vollzog es sich? ›Nicht wissen‹ – so also ereignete sich das Tiefste? mußte denn immer, immer etwas scheinbar tot sein, damit das Lebendige sich vollziehen konnte? durfte ich um keinen Preis wissen, daß ich lebendig war? Bestand das Geheimnis, dem größten Leben nicht zu entgehen, darin, wie ein Schlafwandler zu leben?

Oder war wie ein Schlafwandler zu leben die größte Vertrauensleistung? die, im Taumel die Augen zu schließen und niemals zu wissen, was man getan hatte.

Wie ein Transzendieren. Transzendieren, das ist die Erinnerung an die Vergangenheit oder an die Gegenwart oder an die Zukunft. War zu transzendieren bei mir die einzige Art, die mir erlaubte, das Ding zu erreichen? Denn sogar, als ich von der Schabe gegessen hatte, hatte ich mich bemüht, den Akt des Essens an sich zu transzendieren. Und nun blieb mir nur eine verschwommene Erinnerung an einen Schrecken, nur die Vorstellung war übriggeblieben.

Bis die Erinnerung so stark wurde, daß mein ganzer Körper ein einziger Aufschrei war.

Ich krallte meine Nägel in die Wand: jetzt schmeckte ich das Ekelhafte in meinem Mund, und dann begann ich zu spucken, wie wild spuckte ich diesen Geschmack nach etwas aus, diesen Geschmack nach nichts, der mir jedoch beinahe süßlich vorkam, wie der von bestimmten Blumenblättern, diesen Geschmack nach mir selbst – ich spuckte mich selbst aus, ohne jemals das Gefühl zu erreichen, endlich meine ganze Seele ausgespuckt zu haben. »––– weil du weder kalt noch warm bist, weil du lau bist, werde ich dich aus meinem Mund ausspeien«, das war die Apokalypse nach dem Heiligen Johannes, und dieser Satz, der sich sicher auf andere Dinge bezog, an die ich mich nicht mehr erinnern konnte, dieser Satz kam aus der Tiefe meiner Erinnerung und paßte zu dem Geschmacklosen, das ich gegessen hatte – und das ich ausspuckte.

Was nicht leicht war: denn das neutrale Ding ist äußerst beharrlich, ich spuckte, aber es blieb weiterhin ich.

Ich hielt erst in meiner Wut inne, als ich überrascht begriff, daß ich dabei war, alles, was ich zuvor mühselig aufgebaut hatte, zunichte zu machen; ich begriff, daß ich dabei war, mich zu verleugnen. Und daß ich, wehe mir, nur imstande war, mein eigenes Leben zu beherrschen.

Verblüfft hielt ich inne, und meine Augen füllten sich mit Tränen, die brannten, aber nicht flossen. Ich glaube, daß ich mich nicht einmal für würdig hielt, Tränen zu vergießen, es fehlte mir das primäre Mitleid mit mir, das den Tränen freien Lauf läßt, und in den Pupillen hielt ich die brennenden Tränen zurück, die mich salzig machten und die ich nicht zu vergießen verdiente.

Und obwohl ich nicht weinte, waren mir die Tränen in ihrer Art solch gute Gefährtinnen, und sie badeten mich so sehr in Mitleid, daß ich getröstet den Kopf neigte. Wie jemand, der von einer Reise zurückkehrt, setzte ich mich noch einmal ruhig auf das Bett.

Ich, die ich gedacht hatte, daß der beste Beweis meiner Verwandlung in mich selbst der wäre, die weiße Masse der Schabe in den Mund zu nehmen. Und daß ich dadurch eine größere Nähe erreichen würde zu dem… Göttlichen? zu dem Wirklichen? Das Göttliche ist für mich das Wirkliche.

Das Göttliche ist für mich das Wirkliche.

Aber einen Aussätzigen zu küssen ist nicht einmal Güte. Es ist Selbst-Wirklichkeit, es ist das eigene Leben – auch wenn es gleichzeitig die Rettung des Aussätzigen bedeutet. Aber in erster Linie ist es die eigene Rettung. Die größte Wohltat – was auch immer das sein mag – erweist der Heilige sich selbst: erlangt er die ungeheure Größe, werden Tausende von Menschen von seiner Größe erfaßt und zehren von ihr, und er liebt die anderen ebensosehr wie seine eigene schreckliche Größe, er liebt seine Größe ohne Mitleid mit sich selbst. Will der Heilige sich reinigen, weil er das Bedürfnis verspürt, das Neutrale zu lieben? das zu lieben, was nicht Beiwerk ist, und auf das Gute und auf das Schöne zu verzichten? Denn die große Güte des Heiligen ist die, daß für ihn alles gleich ist. Der Heilige verzehrt sich danach, das Neutrale zu lieben. Er braucht es um seiner selbst willen.

Da verstand ich, daß zu leben – in welcher Form auch immer – eine große Güte gegenüber den anderen ist. Es genügt zu leben, und das an sich erweist sich als die große Güte. Wer sein Leben voll und ganz lebt, lebt für die anderen, wer die eigene Größe lebt, bringt selbst dann, wenn sich sein Leben fern von den anderen, in einer Einzelzelle abspielt, ein Geschenk dar. Zu leben ist ein so großes Geschenk, daß sich jedes gelebte Leben für Tausende von Menschen als eine Wohltat erweist.

– Schmerzt es dich, daß die Güte des Gottes auf neutrale Weise beständig und beständig neutral ist? Was ich aber vorher als Wunder herbeisehnte, was ich als Wunder bezeichnete, war in Wirklichkeit der Wunsch nach Unbeständigkeit und Unterbrechung, der Wunsch nach einer Anomalie: ich nannte genau den Augenblick ein Wunder, in dem das wahre kontinuierliche Wunder des Werdens zum Stillstand kam. Aber an die neutrale Güte des Gottes läßt sich noch besser appellieren, als wenn sie nicht neutral wäre: man muß nur gehen, und erhält, man muß nur bitten, und wird erhört.

Auch das Wunder erbittet man, und erhält es, denn die Kontinuität erfährt Unterbrechungen, ohne unterbrochen zu werden, das Wunder ist die Note, die zwischen zwei Musiknoten liegt, ist die Zahl, die zwischen der Zahl eins und der Zahl zwei liegt. Man muß nur brauchen, und bekommt. Zu glauben ist zu wissen, daß man hingehen und das Wunder essen kann. Der Hunger, dies ist an sich der Glaube – und Not zu leiden ist meine Gewähr, daß mir immer gegeben wird. Gelenkt werde ich von meiner Not.

Nein. Ich hätte nicht den Mut aufbringen müssen, die Masse der Schabe zu essen. Denn mir fehlte die Demut der Heiligen: ich hatte meiner Handlung, von ihr zu essen, den Sinn des ›Höchsten‹ verliehen. Aber die Lebewesen sind in Arten und Gattungen unterteilt, und das Gesetz lautet, daß die Schabe nur von einer anderen Schabe geliebt und gefressen wird; und daß eine Frau, die sich einem Mann hingibt, daß diese Frau in der Liebe ihre eigene Gattung lebt. Ich verstand, daß ich schon das Entsprechende getan hatte, indem ich die Masse der Schabe lebte – denn das Gesetz lautet, daß ich die Materie eines Menschen und nicht die einer Schabe leben soll.

Ich verstand, daß ich, indem ich die Masse der Schabe in den Mund nahm, nicht entsagte wie die Heiligen entsagen, sondern von neuem das Zusätzliche wollte. Es ist einfacher, den Zusatz zu lieben.

Und jetzt nehme ich deine Hand nicht mehr, jetzt bin ich es, die dir die Hand reicht.

Nun aber brauche ich deine Hand, nicht damit ich keine Angst zu haben brauche, sondern damit du keine Angst hast. Ich weiß, daß deine große Einsamkeit zu Beginn die sein wird, an all das zu glauben. Aber es wird der Augenblick kommen, in dem du mir nicht mehr aus Einsamkeit die Hand geben wirst, sondern wie ich jetzt: aus Liebe. Wie ich wirst du keine Angst haben, dich der äußersten und beharrlichen Sanftmut des Gottes anzuvertrauen. Einsam zu sein bedeutet, nur der Bestimmung, Mensch zu sein, zu unterliegen.

Einsamkeit bedeutet auch, nicht zu benötigen. Nicht zu benötigen, macht einen Menschen sehr, sehr einsam. Zu benötigen hingegen isoliert den Menschen keineswegs, das Ding braucht das Ding: es genügt, ein rennendes Küken zu beobachten, um festzustellen, daß seine Bestimmung das sein wird, was die Not aus ihm macht; seine Bestimmung ist, sich wie ein Quecksilbertropfen mit dem anderen zu vereinen, obgleich es, wie jeder Quecksilbertropfen, ein in sich geschlossenes rundes Dasein genießt.

Ach, Liebster, fürchte die Not nicht: sie ist unsere wesentliche Bestimmung. Wir werden in weitaus größerem Maß von der Liebe bestimmt, als ich gedacht hatte, die Liebe ist genauso inhärent wie die Not, und wir haben die Gewähr, daß sich die Bedürftigkeit ständig erneuert. Die Liebe ist bereits da, sie ist immer da. Es fehlt nur noch der Gnadenbeweis, der sich Passion nennt.

Es fehlt nur noch der Gnadenbeweis, der sich Passion nennt.

Was ich jetzt empfinde, ist Freude. Durch die lebendige Schabe gewahrte ich, daß auch ich zu dem Lebendigen gehöre. Lebendig zu sein ist eine sehr hohe Stufe, ist etwas, das ich jetzt erreicht habe. Es ist ein derart hohes schwankendes Gleichgewicht, daß ich nicht weiß, ob mir das Wissen um dieses Gleichgewicht lange Zeit gegeben sein wird – die Gnade der Passion ist kurz.

Wer weiß, vielleicht ist das Menschsein, wie wir es sind, nur eine bestimmte Ergriffenheit, die wir ›Menschlichkeit haben‹ nennen. Ach, auch ich fürchte, diese Ergriffenheit zu verlieren. Bisher hatte ich meine Empfindlichkeit gegenüber dem Leben als Leben bezeichnet. Aber lebendig zu sein, ist etwas anderes.

Lebendig zu sein ist eine große strahlende Gleichgültigkeit. Lebendig zu sein kann nicht einmal über die feinste aller Wahrnehmungen erfaßt werden. Lebendig zu sein ist nicht menschlich – die tiefste Meditation ist diejenige, die so inhaltslos ist, daß der Hauch eines Lächelns wie aus einer Materie entweicht. Ich aber werde noch feiner sein, und das in einem fortdauernden Zustand. Spreche ich vom Tod? spreche ich von der Zeit nach dem Tod? Ich weiß es nicht. Ich spüre, daß ›nicht menschlich‹ eine allumfassende Wirklichkeit ist und daß es nicht ›unmenschlich‹ bedeutet, im Gegenteil: das Nichtmenschliche ist das in Hertzschen Wellen ausstrahlende Zentrum einer neutralen Liebe.

Wenn mein Leben zu meinem Leben wird, gibt es das, was ich heute Empfindsamkeit nenne, nicht mehr; es wird Gleichgültigkeit heißen. Aber dieses Sein ist für mich noch nicht faßbar. Es ist so, als ob wir in Hunderttausenden von Jahren schließlich nicht mehr das wären, was wir empfinden und denken: was wir wären, würde eher einer ›Haltung‹ als einer Vorstellung entsprechen. Wir wären lebende Materie, die sich direkt offenbart, die das Wort nicht kennt und die das Denken, das immer grotesk ist, überschreitet.

Und ich werde nicht ›von Gedanken zu Gedanken‹ fortschreiten, sondern von Haltung zu Haltung. Wir werden nichtmenschlich sein – als Ausdruck der höchsten Errungenschaft des Menschen. Sein heißt, jenseits des Menschlichen zu sein. Mensch zu sein, geht nicht in Erfüllung, Menschsein war oft eine Verlegenheit. Das Unbekannte erwartet uns, aber ich fühle, daß dieses Unbekannte das

Ganze umfaßt und der wahren Menschwerdung entspricht, nach der wir uns sehnen. Spreche ich vom Tod? nein, ich spreche vom Leben. Es ist kein Zustand des Glücks, es ist ein Zustand der Berührung.

Bitte, glaube nicht, daß mir all das Übelkeit verursacht, ich finde es sogar so langweilig, daß ich beginne, ungeduldig zu werden. Denn es gleicht dem Paradies, wobei ich mir nicht einmal vorstellen kann, was ich dort tun würde, denn ich kann mich nur als denkendes und fühlendes Wesen – zwei Eigenschaften des menschlichen Seins – begreifen, und es gelingt mir nicht, mir vorzustellen, daß ich nur bin und auf das andere verzichte. Nur zu sein – das würde mich zu einer ungeheuren Untätigkeit verurteilen.

Gleichzeitig war ich auch ein wenig mißtrauisch.

Denn, so wie ich vorher erschrocken war über das Eintreten in etwas, das in Verzweiflung hätte umschlagen können, befürchtete ich jetzt, vielleicht von neuem im Begriff zu sein, die Dinge zu transzendieren...

Steigerte ich das Ding etwa ins Unermeßliche, um haarscharf an der Schabe und dem Stück Eisen und dem Stück Glas vorbeizukommen?

Ich glaube nicht.

Denn weder reduzierte ich die Hoffnung auf das einfache Ergebnis von Konstruktion und Nachbildung, noch verneinte ich, daß es etwas gibt, auf das zu warten sich lohnt. Noch hatte ich auf die Verheißung verzichtet: ich spürte nur mit einer unermeßlichen Anstrengung, daß Hoffnung und Verheißung fortwährend in Erfüllung gehen. Und das war schrecklich, denn ich hatte schon immer Angst, von dem, was sich erfüllt, niedergeschmettert zu werden, ich hatte immer gedacht, daß die Erfüllung auch das Ende ist – mit dem sich ständig erneuernden Bedürfnis hatte ich nicht gerechnet.

Auch weil ich Angst hatte, die bloße Herrlichkeit nicht ertragen zu können und sie daher in einen weiteren Zusatz zu verwandeln. Aber ich weiß – ich weiß, daß es eine Erfahrung der Herrlichkeit gibt, in der das Leben den puren Geschmack des Nichts hat, und in dieser Herrlichkeit empfinde ich das Leben als leer. Wenn das Leben in Erfüllung geht, fragt man: War es denn nur das? Und die Antwort lautet: Es ist nicht nur das, es ist genau das.

Ich muß aber noch vorsichtig sein, um aus diesem nicht mehr als dieses zu machen, denn sonst ist es schon nicht mehr dies. Die

Essenz ist von einer quälenden Geschmacklosigkeit. Um von den Ereignissen nicht ihre zusätzliche Steigerung zu wollen, muß ich mich sogar noch mehr ›reinigen‹. Früher hätte mich zu reinigen eine Grausamkeit gegenüber dem bedeutet, was ich Schönheit nannte; auch gegenüber dem, was ich ›ich‹ nannte, ohne zu wissen, daß ›ich‹ ein Zusatz meiner selbst war.

Aber jetzt, mit Hilfe meiner kaum zu ertragenden Verblüffung – jetzt gehe ich endlich den umgekehrten Weg. Ich fange an, das zu zerstören, was ich aufgebaut habe, ich fange an, mich von mir selbst zu trennen.

Ich bin gierig auf die Welt, ich habe starke und klar umrissene Wünsche, heute abend werde ich tanzen und essen gehen, und ich werde nicht das blaue, sondern das schwarzweiße Kleid anziehen. Gleichzeitig aber brauche ich nichts. Ich brauche nicht einmal einen Baum, der dasteht. Ich kenne jetzt eine Form, die alles entbehren kann – auch die Liebe, die Natur, die Gegenstände. Eine Form, die auch mich entbehren kann. Obwohl meine Wünsche, meine Leidenschaften, mein Verlangen, einen Baum zu berühren – weiterhin bestehen bleiben wie ein hungriger Mund.

Die Trennung von sich selbst, als Möglichkeit, sich der unnützen Individualität zu entledigen – der Verlust von all dem, was man verlieren und trotzdem sein kann. Sich Stück für Stück mit einer so aufmerksamen Anstrengung, daß man den Schmerz nicht spürt, von den charakteristischen Eigenschaften befreien, wie jemand, der seine eigene Haut abstreift. Alles, was mich auszeichnet, ist lediglich die Form, wie ich für die anderen leichter sichtbar bin und in der ich letztendlich mich selbst oberflächlich wiedererkenne. So wie es den Augenblick gab, in dem ich erkannte, daß die Schabe die Schabe aller Schaben ist, so möchte ich in mir selbst der Frau aller Frauen begegnen.

Die Trennung von sich selbst als große Objektivierung seiner selbst. Die größte Entäußerung, zu der man fähig ist. Wer durch die Trennung von sich selbst zu sich kommt, wird den anderen in jeder Verkleidung wiedererkennen: in sich selbst den Menschen aller Menschen zu entdecken, ist der erste Schritt auf den anderen zu. Jede Frau ist die Frau aller Frauen, jeder Mann ist der Mann aller Männer, und jeder einzelne von ihnen ist, wo immer der Mensch auch sein mag, stellvertretend für den anderen. Aber nur in der Form seines eigenen Seins, weil nur wenige die Stufe erreichen, sich in uns wiederzuerkennen. Um dann, durch die bloße

Anwesenheit ihres Daseins, das unsere zu enthüllen.

Das, von dem man lebt – und da es keinen Namen hat, drückt allein die Stummheit es aus –, ist dasjenige, dem ich mich durch die große Erweiterung, mein Ich aufzugeben, annähere. Nicht um den Namen des Namens zu finden und das Unfaßbare begreiflich zu machen, sondern um das Unfaßbare als unfaßbar zu bezeichnen, und siehe da, der Hauch flackert wie die Flamme einer Kerze wieder auf.

Die schrittweise Zerstörung des Helden in jedem von uns ist von der scheinbaren Arbeit, die wir leisten, die wahre, das Leben ist eine geheime Mission. Derart geheim ist das wahre Leben, daß nicht einmal mir, die ich daran sterbe, das Losungswort anvertraut werden kann, so sterbe ich, ohne zu wissen, woran. Solcherart ist das Geheimnis, daß ich nur, wenn die Mission sich erfüllen sollte, für einen kurzen Augenblick verstehe, daß ich mit einem Auftrag geboren wurde – jedes Leben ist eine geheime Mission.

Die Zerstörung der Heldin in mir unterhöhlt mein hohes Gebäude und vollzieht sich in meiner Abwesenheit wie eine Berufung, die ich nicht kenne. Bis sich mir schließlich offenbart, daß das Leben in mir nicht meinen Namen trägt.

Auch ich bin namenlos, und dies ist – mein Name. Und da ich mich von mir trenne, bis ich nicht einmal mehr einen Namen habe, antworte ich jedes Mal, wenn mich jemand fragt: ich.

Die Zerstörung des Helden ist das große Scheitern eines Lebens. Da aber die Voraussetzungen des Scheiterns so anstrengend sind, erreichen diesen Punkt nicht alle; zunächst muß der schwierige Aufstieg bewältigt werden, bis endlich die Höhe erreicht wird, um fallen zu können – die Stummheit der Trennung von mir zu erreichen, setzt das mühsame Aufbauen einer ganzen Sprache voraus. Meine zivilisatorischen Bestrebungen waren notwendig, damit ich bis zu dem Punkt aufsteigen konnte, der mir den Abstieg ermöglichte. Allein durch das Versagen der Stimme gelingt es, zum ersten Mal die eigene Stummheit und die der anderen und die der Dinge zu hören und diese Stummheit als die mögliche Sprache zu akzeptieren. Erst dann wird meine Natur angenommen – angenommen in ihrer schrecklichen Qual, in der der Schmerz nicht etwas ist, das uns widerfährt, sondern das, was wir sind. Und unser Sein wird als das einzig mögliche angenommen, denn dieses und kein anderes ist es, das da ist. Zumal unserem Dasein gemäß zu leben, unsere Passion ist. Das menschliche Dasein ist die Passion Christi.

Ach, bevor man jedoch verstummt, welch große Anstrengung der Stimme. Meine Stimme ist die Form, mich auf die Suche nach der Realität zu machen; die Realität geht meiner Sprache voraus wie ein Gedanke, den man nicht denkt, aber das Schicksal trieb und treibt mich dazu, erfahren zu müssen, was der Gedanke denkt. Die Wirklichkeit geht der Stimme, die sie sucht, voraus, aber so wie die Erde dem Baum vorausgeht, so wie die Welt dem Menschen vorausgeht, wie das Meer dem Anblick des Meeres vorausgeht, so geht das Leben der Liebe voraus, geht die körperliche Materie dem Körper voraus, und die Sprache ihrerseits wird eines Tages der Erfahrung des Schweigens vorausgegangen sein.

Ich besitze in dem Maße, wie ich bezeichne – das ist der blendende Glanz, eine Sprache zu haben. Aber ich besitze weitaus mehr in dem Maße, wie ich nicht bezeichnen kann. Die Wirklichkeit ist der Rohstoff, die Sprache ist meine Art, ihn zu suchen – ihn aber nicht zu finden. Aber aus dem Suchen und nicht zu finden wird das entstehen, was ich nicht kannte und im gleichen Augenblick wiedererkenne. Die Sprache ist meine menschliche Anstrengung. Aufgrund der Bestimmung muß ich suchen und aufgrund der Bestimmung komme ich mit leeren Händen zurück. Aber – ich komme mit dem Unsagbaren zurück. Das Unsagbare kann mir nur durch das Scheitern meiner Sprache gegeben werden. Nur, wenn das Bauwerk zusammenbricht, erreiche ich, was es nicht erreicht hat.

Und es ist unnütz, den Weg abkürzen zu wollen und bereits mit dem Wissen, daß die Stimme wenig sagt, beginnen zu wollen; unnütz, damit beginnen zu wollen, bereits von sich selbst getrennt zu sein. Denn der Weg ist vorgezeichnet, und der Weg ist nicht nur eine Art zu gehen. Der Weg sind wir selber. In Dingen des Lebens kann man niemals vor der Zeit ankommen. Der Kreuzweg ist kein Irrweg, er ist der einzige Durchgang, nur durch ihn und mit ihm gelangt man zum Ziel. Die Beharrlichkeit ist unsere Kraft, der Verzicht die Belohnung. Man erhält sie nur, wenn man die Macht des Aufbauens erfahren hat und trotz des Geschmacks der Macht den Verzicht vorzieht. Der Verzicht muß aus freier Wahl geschehen. Zu verzichten ist die heiligste Wahl im Leben. Zu verzichten ist der wahre menschliche Augenblick. Und nur das ist die Herrlichkeit, die meiner Art eigen ist.

Der Verzicht ist eine Offenbarung.

Der Verzicht ist eine Offenbarung.

Ich verzichte und ich bin zum Menschen geworden – nur wenn meine Lage am schlimmsten ist, nehme ich sie als meine Bestimmung an. Zu sein, erfordert von mir das große Opfer, keine Kraft zu haben, ich verzichte, und siehe da, die ganze Welt paßt in die schwache Hand. Ich verzichte, und meine menschliche Armut erfährt die einzige Freude, die mir gegeben ward – die menschliche Freude. Das weiß ich, und es überläuft mich kalt – zu leben beeindruckt mich so sehr, zu leben raubt mir den Schlaf.

Ich erreiche die Höhe, von der ich fallen kann, ich wähle, mich schaudert, ich verzichte, und endlich meinem Fall geweiht, getrennt von mir, ohne eigene Stimme, endlich ohne mich selbst – siehe da, gehört alles, was ich nicht habe, mir. Ich verzichte, und je weniger immer lebendiger ich bin, je mehr ich meinen Namen verliere, um so öfter werde ich gerufen, meine einzige geheime Mission ist mein menschliches Dasein; ich verzichte, und je weniger ich das Losungswort kenne, um so mehr erfülle ich das Geheimnis, je weniger ich weiß, um so mehr ist die Süße des Abgrunds meine Bestimmung. Und dann liebe ich abgöttisch.

Die Hände ruhig im Schoß verschränkt, empfand ich ein Gefühl zarter, schüchterner Freude. Es war ein fast nichts, wie wenn ein Windhauch einen Grashalm erzittern läßt. Es war fast nichts, aber es gelang mir, die leise Bewegung meiner Schüchternheit wahrzunehmen. Ich weiß nicht, was es war, dem ich mich näherte, aber es geschah mit einer abgöttischen Ehrerbietung und mit der höflichen Zurückhaltung dessen, der Angst hat. Ich näherte mich dem stärksten, das mir je widerfahren ist.

Stärker als die Hoffnung, stärker als die Liebe?

Ich näherte mich dem, von dem ich glaube, daß es Vertrauen war. Vielleicht ist das der Name. Aber das ist nicht wichtig: ich könnte ihm auch einen anderen geben.

Ich spürte, daß mein Gesicht schamhaft lächelte. Oder vielleicht lächelte es auch nicht, ich weiß es nicht. Ich vertraute.

Auf mich? auf die Welt? auf Gott? auf die Schabe? Ich weiß es nicht. Vielleicht meint Vertrauen nicht Vertrauen auf etwas oder auf jemanden. Vielleicht wußte ich jetzt, daß ich selbst niemals der Größe des Lebens entsprechen würde, daß aber mein Leben der

Größe des Lebens entsprach. Ich würde niemals meine ursprünglichen Wurzeln erreichen, aber meinen Ursprung gab es. Schüchtern ließ ich es zu, daß sich eine Sanftmut in mir ausbreitete, die mich verlegen machte, ohne mich einzuschränken.

Oh, Gott, ich fühlte mich wie von der Welt getauft. Ich hatte die Materie einer Schabe in den Mund genommen und hatte endlich die niedrigste aller Handlungen vollzogen.

Nicht, wie ich vorher geglaubt hatte, die höchste aller Handlungen, nicht das Heldentum oder die Heiligkeit. Sondern endlich die niedrigste Handlung, die mir immer gefehlt hatte. Zur niedrigsten Handlung war ich immer unfähig gewesen. Und durch die niedrigste Handlung hatte ich in mir die Heldin zerstört. Ich, die ich immer auf halber Höhe des Weges gelebt hatte, hatte endlich den ersten Schritt an seinem Anfang getan.

Endlich, endlich war meine Hülle wirklich zerbrochen, und ich war grenzenlos. Weil ich nicht war, war ich. Selbst das Ende dessen, was ich nicht war, war ich. Was nicht ich bin, bin ich. Alles wird in mir sein, wenn ich nicht sein werde; denn ›ich‹ ist nur eine der momentanen Zuckungen der Welt. Mein Leben hat nicht nur einen menschlichen Sinn, es ist weitaus größer – es ist so viel größer, daß es in Beziehung zum Menschlichen keinen Sinn hat. Von der allgemeinen Ordnung, die größer war als ich, hatte ich bis jetzt nur Bruchstücke wahrgenommen. Aber jetzt war ich noch weniger als menschlich – und ich würde meine eigentliche menschliche Bestimmung nur verwirklichen, wenn ich mich hingäbe, wie ich mich bereits hingab, dem hingab, was schon nicht mehr ich war, dem was schon nicht mehr menschlich ist.

Und mich hingab mit dem Vertrauen, zum Unbekannten zu gehören. Denn ich kann nur zu dem beten, was ich nicht kenne. Und ich kann nur die unbekannte Klarheit der Dinge lieben, ich kann mich nur mit dem verbinden, was ich nicht kenne. Das allein ist wirkliche Hingabe.

Und eine solche Hingabe ist die einzige Überschreitung, die mich nicht ausschließt. Jetzt war ich so viel größer, daß ich mich schon nicht mehr sah. So groß wie eine Landschaft in der Ferne. Ich war fern. Aber wahrnehmbar in meinen letzten Gebirgen und meinen fernsten Flüssen: die gleichzeitige Gegenwart erschreckte mich nicht mehr, und in meinem äußersten Ende konnte ich schließlich lächeln, ohne auch nur einen Muskel zu verziehen. Endlich erstreckte ich mich über meine Empfindsamkeit hinaus.

Die Welt hing nicht von mir ab – das war das Vertrauen, das ich entwickelt hatte: die Welt hing nicht von mir ab, und ich verstehe nicht, was ich sage, niemals! nie mehr werde ich verstehen, was ich sage. Denn wie könnte ich es sagen, ohne daß das Wort für mich löge? wie kann ich es sagen, es sei denn ganz schüchtern so: das Leben ist sich mir. Das Leben ist sich mir, und ich verstehe nicht, was ich sage. Und daher liebe ich es abgöttisch. ––––––

Lateinamerikanische Literatur in der edition suhrkamp und in den suhrkamp taschenbüchern

»Imagination, Sensibilität, Liebenswürdigkeit, Sinnlichkeit, Melancholie, eine gewisse Religiosität und ein gewisser Stoizismus gegenüber dem Leben und dem Tode, ein tiefes Gefühl für das Jenseitige und ein nicht weniger ausgeprägter Sinn für das Hier und Jetzt ... Lateinamerika ist eine Kultur.«

Octavio Paz

Alegría, Ciro: Die hungrigen Hunde. Roman. Deutsch von Wolfgang A. Luchting. Mit einem Nachwort von Walter Boehlich. st 447

Arenas, Reinaldo: Wahnwitzige Welt. Ein Abenteuerroman. Aus dem Spanischen von Monika López. st 1350

Arguedas, José María: Die tiefen Flüsse. Roman. Aus dem Spanischen von Suzanne Heintz. st 588

Barnet, Miguel: Alle träumten von Cuba. Die Lebensgeschichte eines galicischen Auswanderers. Roman. Aus dem Spanischen von Anneliese Botond. st 1577

– Der Cimarrón. Die Lebensgeschichte eines entflohenen Negersklaven aus Cuba, von ihm selbst erzählt. Nach Tonbandaufnahmen herausgegeben von Miguel Barnet. Aus dem Spanischen von Hildegard Baumgart. Mit einem Nachwort von Heinz Rudolf Sonntag und Alfredo Chacón. st 346

– Das Lied der Rahel. Mit einem Nachwort von Miguel Barnet. Aus dem Spanischen von Wilhelm Plackmeyer. st 966

Bioy Casares, Adolfo: Die fremde Dienerin. Phantastische Erzählungen. Aus dem Spanischen von Joachim A. Frank. PhB 113. st 962

– Morels Erfindung. Roman. Mit einem Nachwort von Jorge Luis Borges. Aus dem Spanischen von Karl August Horst. PhB 106. st 939

– Schlaf in der Sonne. Roman. Aus dem Spanischen von Joachim A. Frank. st 691

– Der Traum der Helden. Roman. Aus dem Spanischen von Joachim A. Frank. st 1185

Brandão, Ignácio de Loyola: Kein Land wie dieses. Aufzeichnungen aus der Zukunft. Aus dem brasilianischen Portugiesisch von Ray-Güde Mertin. es 1236

– Null. Prähistorischer Roman. Aus dem Brasilianischen und mit einem Nachwort von Curt Meyer-Clason. st 777

Brasilianische Literatur. Herausgegeben von Michi Strausfeld. stm. st 2024

112/1/8.88

Lateinamerikanische Literatur in der edition suhrkamp und in den suhrkamp taschenbüchern

Carpentier, Alejo: Explosion in der Kathedrale. Roman. Aus dem Spanischen von Hermann Stiehl. st 370
– Die Harfe und der Schatten. Roman. Aus dem Spanischen von Anneliese Botond. st 1024
– Krieg der Zeit. Sieben Erzählungen und ein Roman. Aus dem Spanischen von Anneliese Botond. st 552
– Stegreif und Kunstgriffe. Essays zur Literatur, Musik und Architektur in Lateinamerika. Aus dem Spanischen von Anneliese Botond. es 1033
– Die verlorenen Spuren. Roman. Aus dem Spanischen von Anneliese Botond. st 808

Carvalho, José Cândido de: Der Oberst und der Werwolf. Roman. Aus dem Brasilianischen von Curt Meyer-Clason. st 1092

Condori Mamani, Gregorio: »Sie wollen nur, daß man ihnen dient …« Autobiographie. Aus dem Spanischen von Karin Schmidt. es 1230

Cortázar, Julio: Album für Manuel. Roman. Aus dem Spanischen von Heidrun Adler. st 936
– Alle lieben Glenda. Erzählungen. Aus dem Spanischen von Rudolf Wittkopf. st 1576
– Bestiarium. Erzählungen. Aus dem Spanischen von Rudolf W ittkopf. st 543
– Ende des Spiels. Erzählungen. Aus dem Spanischen von Wolfgang Promies. st 373
– Das Feuer aller Feuer. Erzählungen. Aus dem Spanischen von Fritz Rudolf Fries. st 298
– Die geheimen Waffen. Erzählungen. Aus dem Spanischen von Rudolf Wittkopf. st 672
– Letzte Runde. Aus dem Spanischen von Rudolf Wittkopf. es 1140
– Das Observatorium. Aus dem Spanischen von Rudolf Wittkopf. Mit Fotos von Julio Cortázar unter Mitarbeit von Antonio Gálvez. es 1527
– Oktaeder. Erzählungen. Aus dem Spanischen von Rudolf Wittkopf. st 1295
– Passatwinde. Erzählungen. Aus dem Spanischen von Rudolf Wittkopf. st 1370
– Rayuela. Himmel und Hölle. Roman. Aus dem argentinischen Spanisch von Fritz Rudolf Fries. st 1462
– Reise um den Tag in 80 Welten. Aus dem Spanischen von Rudolf Wittkopf. es 1045

112/2/8.88

112/3/8.88

112/4/8.88

112/5/8.88